治水惠民守初心

水滴石穿筑匠心

"大国工匠人物传"丛书

杨戍雷

城市"管道森林"守护者

马淑琴◎著

中国工人出版社

图书在版编目（CIP）数据

杨戌雷：城市“管道森林”守护者 / 马淑琴著. 北京：中国工人出版社，2025. 8. -- ISBN 978-7-5008-8685-3

Ⅰ. I25

中国国家版本馆CIP数据核字第2025GX6744号

杨戌雷：城市“管道森林”守护者

出 版 人	董 宽
责任编辑	陈培城
责任校对	张 彦
责任印制	黄 丽
出版发行	中国工人出版社
地 址	北京市东城区鼓楼外大街45号 邮编：100120
网 址	http://www.wp-china.com
电 话	（010）62005043（总编室） （010）62005039（印制管理中心） （010）62379038（社科文艺分社）
发行热线	（010）82029051 62383056
经 销	各地书店
印 刷	宝蕾元仁浩（天津）印刷有限公司
开 本	880毫米×1230毫米 1/32
印 张	6
字 数	100千字
版 次	2025年9月第1版 2025年9月第1次印刷
定 价	49.00元

国之大者，工匠先行

——“大国工匠人物传”丛书总序

在中华全国总工会成立100周年之际，全国总工会宣传教育部、中国报告文学学会、中国工人出版社联合开展了“文艺工作者走基层”活动，推出“大国工匠人物传”丛书，向全国总工会献礼，向广大劳动者致敬！

“知者创物，巧者述之守之，世谓之工。百工之事，皆圣人之作也。”这是中国所见年代最早的关于手工业技术文献《考工记》中对工匠的记载。“工”之责在于造物，“匠”者为能工鼎识者也。

幼时，老家云南昆明大板桥的老街上，从南头到北头，都是大大小小的手艺人，木匠、石匠、焗匠、骟匠、竹篾匠、鞋匠、箍桶匠……空气中飘荡着木匠的刨花香和石匠敲打出来的粉尘，充满着焗匠手中皮带的“吱扭扭”声、骟匠刀下小猪猡的闷哼、箍桶匠皮锤不轻不重的敲击声。老街上的竹篾匠是我的一个表姨夫，他来自四川，有着一手出神入化的编造竹篾手艺。粗壮的毛竹是表姨夫手中的“百万雄兵”，在一把锋利无比的刀的指挥下，被劈成厚薄、粗细不一的篾。表姨夫的本领仅次于撒豆成兵的天神，他能化篾成物，一般家里能见到、用到的器物，他都能用竹篾编出来。母亲曾命我在老街上买一个暖水瓶的内胆，然后去表姨夫的摊位上，坐等他为暖水瓶胆编制一件竹制的外壳。那个暖水瓶至今还在我家老屋的一个角落里。竹篾壳早已被岁月包了浆，虽然久不使用，却依然油润、红亮。这便是我幼时对匠人的记忆。

五千多年的中华历史长河中，涌现出了无数能工巧匠，他们或如明月光照，或如星河璀璨。一代代薪火相传的工匠精神，不仅成就了那些流芳百世的绝世建筑与器物，更是烛照我们通向文明现代化进程的精神之光，是我们文化的自信心、民族的根与魂。

从“嫦娥”探月到“祝融”探火，从“北斗”组网到“蛟龙”深潜，从港珠澳大桥横跨三地到大兴国际机场凤凰腾飞……这些挺起中华民族脊梁的大国重器、世纪工程背后，无不凝聚着万千工匠的心血和汗水，映照着工匠们孜孜以求、拼搏奋进的身影。

本套丛书收录的是全国总工会历年评选出的大国工匠

的人物传记。他们当中有焊接高铁的“工人院士”李万君、打破国外高端设备维修垄断的王树军、让中国锻件立于世界之巅的刘伯鸣、“人刀合一”的顶级钳工李凯军、在高空“穿针引线”的竺士杰、油田里的创新能手刘丽、了不起的“钢铁裁缝”艾爱国、数控机床上的“雕刻师”孟维、让三星堆文物“活”起来的郭汉中……他们有的是传统加工业的锻造者，为了突破技术瓶颈精益求精；有的是新兴制造业的探路者，为了实现精密制造巧思妙想；有的是军工行业的铸剑者，为了打造国之重器默默坚守；有的是民间手工艺的守护者，为了传承非遗文化精雕细琢……他们奋战在国防军工、装备制造、传统工艺等行业的第一线，以久久为功的钻研和创新，造就了一个个传奇。

这些杰出的工匠，尽管行业不同、岗位不一，成长经历各异，但他们都有着爱党爱国、敬业奉献、创新争先的优秀品质。他们耐得住清贫与寂寞，用灵巧的双手和精湛的技艺，数十年如一日地在平凡的岗位上雕琢自己心中的梦想，以实际行动诠释着“执着专注、精益求精、一丝不苟、追求卓越”的工匠精神。“天下大事，必作于细。”工匠精神既是中华民族技艺世代传承的价值理念，又是中国开启新征程，从制造业大国迈向制造业强国的时代需要。

“大国工匠是我们中华民族大厦的基石、栋梁。”2024年3月5日，习近平总书记参加十四届全国人大二次会议江苏代表团审议时强调“树立工匠精神”，指出“没有金刚钻，揽不了瓷器活”，要“把第一线的大国工匠一批一批培养出来”。党的十八大以来，习近平总书记对建设高素质劳动大军高度重视，强调“当代工人不仅要有力量，还要有智慧、有技术，能发明、会创新，以实际行动奏响时代主旋律”，深刻阐述工匠精神“执着专注、精益求精、一丝不苟、追求卓越”的内涵要义，号召全社会弘扬工匠精神，“为全面建设社会主义现代化国家、实现中华民族伟大复兴的中国梦提供有力人才和技能支撑”。

“匠心聚，百业兴。”无论是传统产业，还是新兴产业、未来产业，大国工匠在发展新质生产力的历史进程中不可或缺。随着经济发展方式转型和产业结构升级，中国要实现由制造大国向制造强国的转变，实现由中国制造向中国创造的跨越，离不开广大劳动者的创新和创造，更离不开对工匠精神的继承和发扬，于是呼唤更多大国工匠成为时代强音。

文艺是时代进步的号角，最能代表一个时代的风貌，最能引领一个时代的风气。中国报告文学学会、中国工人出版社联袂推出“大国工匠人物传”丛书，以图书的形式为大国工匠树碑立传，让他们的故事和精神具有更广泛的交流传播价值和长久的史料价值。本套丛书的写作者奔赴大国工匠生活的城市，深入大国工匠工作的厂区、车间、工作室，获取了全面细致的第一手材料，最终将大国工匠的成长、成才故事呈现在读者面前。

“大国工匠人物传”丛书讲述的是个人奋斗史，也描绘出大国工匠的群体形象。可以说，这套丛书是目前国内系统研究众多大国工匠人生轨迹的权威读本，既有对每位大国工匠的整体介绍和事迹梳理，又有具体的事件、案例，全面、生动地展示了大国工匠各个人生时期的工作和生活状态。

新时代是奋斗者的时代，中国式现代化建设新征程这一宏伟事业为广大工匠技能人才成就梦想提供了广阔舞台。每位劳动者都是主角，都可以成为工匠精神的践行者。大国工匠是新时代的最美奋斗者，更是和平年代当之无愧的英雄。

国之大者，工匠先行，向着中华民族伟大复兴的目标砥砺奋进，行稳致远。

是以为序。

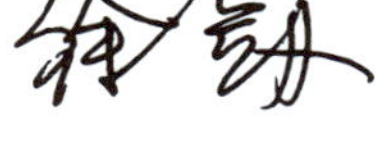

目 录

第一章 迎来人生的高光时刻

2022 年 10 月 14 日，一只“银燕”从上海虹桥机场启程，披着十月金秋的艳阳，轻盈地穿云破雾，上午 11 时 10 分，缓缓降落在北京首都国际机场。舱门打开，陆续走下舷梯的是出席中国共产党第二十次全国代表大会的上海代表团成员，每位代表的脸上都洋溢着幸福的微笑。

代表队伍中，一位中等身材，步履矫健的男子叫杨戍雷，他身穿藏蓝色西装、白衬衣，打着红领带，神情庄重中透出喜庆，虽年近不惑，浑身上下却充满朝气，眼镜片后面那一双炯炯有神的眼睛里闪着自豪和兴奋的光。

杨戌雷是上海白龙港污水处理厂污泥处理车间主任和高级技师，是来自第一线的产业工人代表。二十多年来，杨戌雷坚守大上海污水污泥治理岗位，是集污水与污泥处理、机电维修、泵站操作等多项技能于一身的复合型人才。面对污泥处理系统在设备、设施、工艺上存在的运行成本高、劳动强度大、洋设备水土不服等诸多问题，他带领团队对整个系统进行升级提标优化，先后提出“深度脱水综合调理池改造”“离心脱水加药装置改造”等 70 余项创新成果和技改措施，大大节约了企业生产成本；在多个新建工程建设中提出的 500 多项优化建议均被采纳，逐步实现了设备调试的自主化，提升了污泥处理领域的技术创新能力。他领衔的创新工作室编写了《污泥处理工》等国家职业培训教材和行业标准，填补了我国污泥工种教材和行业标准的空白，为培养行业紧缺的技术人才作出了贡献。

杨戌雷以坚韧不拔的毅力、追求卓越的进取精神、求真务实的态度和攻坚克难的干劲，在破解“污泥围城”困境、推进水环境治理和资源化利用等方面作出突出贡献，成为长期奋战在治理污水污泥第一线，守护上海生态环

杨戌雷参加中国共产党上海市第十二次代表大会留影

境的“治污专家”。他先后获得“全国劳动模范”“中国共产党第二十次全国代表大会代表”“大国工匠年度人物”“全国住房城乡建设系统劳动模范”“上海工匠”“上海市五一劳动奖章”“上海市技术能手”“上海市青年岗位能手”“2023年感动上海年度人物提名奖”等58项荣誉；获得国家专利21项、市级创新奖21项，主导或参与制定团体标准5项。

杨戌雷领衔的污泥处理技术劳模创新工作室被上海市总工会授予“上海市劳模创新工作室”，被上海市人力资源和社会保障局授予“上海市技能大师工作室”。该工作室在他的领导和主持下，为污水污泥治理工作的创新和发展做了许多卓有成效的工作。杨戌雷以工作室为平台，加大技能人才培养力度，创新培养方式，为全厂培育了2名高级技师、21名技师、98名高级工、128名中初级工等一大批行业紧缺技术骨干，其中多人荣获“上海工匠”“上海市青年岗位能手”“城投工匠”等荣誉。

这不是杨戌雷第一次进京——其实，北京才是他真正意义上的故乡。当年，他的爷爷从崇文门外那条叫幸福大街的土路走出来，经过千辛万苦的长途跋涉，到上海闯世界、寻幸福，并在上海安身立命、娶妻生子。于是，杨戌

党的二十大代表合影，左一为杨戍雷

雷生在上海、长在上海。但是，他的血脉里，还流着老北京的血。他和儿子都爱吃老北京炸酱面，他说，这叫基因遗传。

此次进京，对杨戌雷而言意义非凡：他不仅肩负着光荣神圣的使命，而且这将带给他人生旅途中耀眼的高光时刻。在上海市委召开的第十二次党代会上，杨戌雷作为国有企业一线产业工人的代表，当选为出席党的二十大代表。杨戌雷激动地说：“党的十八大以来，生态文明建设受到高度重视，作为水环境保护从业人员，我对于自己的职业感到非常自豪。”

2022 年 10 月 16 日，北京。秋高气爽，阳光普照。上午 9 时，杨戌雷随上海代表团来到天安门广场，望着庄严雄伟的天安门城楼和广场上空那面随风飘扬的五星红旗，他的心情格外激动，脸上荡漾着欢欣的笑容。他迈着豪迈稳健的步伐，登上人民大会堂高耸的台阶，心潮涌动。这是杨戌雷第二次走进人民大会堂，第一次是在 2020 年 11 月 24 日，他作为全国劳动模范，走进人民大会堂，在这神圣的殿堂，现场聆听习近平总书记在全国劳动模范和先进工作者表彰大会上的讲话，特别是习近平总书记在讲话中，对劳模精神、劳动精神、工匠精神“三个精神”进

杨戍雷（左四）参加上海国资青联学习党的二十大精神青年圆桌论坛

杨戍雷（右一）参加党的二十大精神宣讲

行了精辟的论述。

在表彰大会上，杨戌雷身披全国劳动模范的大红绶带，被授予了全国劳动模范的奖章和奖状。他认真仔细地端详着全国劳动模范的奖章和奖状，留意到奖状上边那两枚红红的大印，一枚是“中国共产党中央委员会”，另一枚是“中华人民共和国国务院”。那一刻，杨戌雷感到至高无上的光荣，感到从未有过的自豪与骄傲。会后，他接连几夜没睡好觉，结合自己的实际，认真揣摩习近平总书记关于“三个精神”的论述，下决心努力践行这“三个精神”。杨戌雷非常重视和珍惜这来之不易的经历，除了珍藏全国劳动模范的奖章和奖状，还把在人民大会堂参加大会的出席证小心翼翼地珍藏起来，作为永久的纪念。

出席中国共产党第二十次全国代表大会时，杨戌雷说他的感觉是“光芒万丈”。看到人民大会堂的气氛是那样的热烈；看到屋顶上的满天星斗紧紧围绕在中间那颗红星的周围，是那样的美丽和生动；看到主席台上的红旗是如此鲜艳；看到那枚金色的党徽，那锤头和镰刀紧紧相握的炽热与神圣，他很激动，眼睛里忍不住泛出晶莹的泪光。很快，他找到了自己的座位，前五区十一排三十七座，他怀着激动的心情坐下来，和全场的两千多名代表一起，祈

杨戌雷（左一）进车间班组进行党的二十大精神宣讲

杨戌雷通过线上会议形式为中国环境保护产业协会宣讲党的二十大精神

盼那个激动人心的时刻。

上午 10 时整，会场奏响雄壮的国歌，中国共产党第二十次全国代表大会隆重开幕。在雷鸣般的掌声中，习近平总书记健步走上报告席。这时，杨戌雷惊奇地发现，他的座位距离正在作报告的总书记是那样的近，一股幸福的暖流立刻传遍全身。

习近平总书记铿锵有力的声音传遍全场，如潮的掌声一浪高过一浪。杨戌雷用心认真聆听着总书记的每一句

杨戌雷在人民大会堂前留影

话，生怕漏掉一个字。

习近平总书记在总结过去五年的工作和新时代十年的伟大变革中，专门讲道："我们坚持绿水青山就是金山银山的理念，坚持山水林田湖草沙一体化保护和系统治理，全方位、全地域、全过程加强生态环境保护，生态文明制度体系更加健全，污染防治攻坚向纵深推进，绿色、循环、低碳发展迈出坚实步伐，生态环境保护发生历史性、转折性、全局性变化，我们的祖国天更蓝、山更绿、水更清。"对于今后的工作任务，习近平总书记又郑重提出，要"推动绿色发展，促进人与自然和谐共生"，要"深入推进环境污染防治。坚持精准治污、科学治污、依法治污，持续深入打好蓝天、碧水、净土保卫战。加强污染物协同控制，基本消除重污染天气。统筹水资源、水环境、水生态治理，推动重要江河湖库生态保护治理，基本消除城市黑臭水体。加强土壤污染源头防控，开展新污染物治理。提升环境基础设施建设水平，推进城乡人居环境整治"。

听完习近平总书记的报告，杨戌雷受到了极大鼓舞，因为他是国家生态环保和环境治理取得历史性、转折性和全局性变化的亲历者和见证者，他更加感觉到自己所从事的污染治理、水环境保护工作的重要性。总书记的讲话，为他和同事今后的工作进一步指明了方向。杨戌雷感到“前进的动力更加强大，奋斗精神更加昂扬，必胜信念更加坚定”。在小组讨论会上，杨戌雷积极发言，他紧密结合自己的工作实践，讲述学习贯彻习近平总书记重要讲话精神的心得体会，得到同组代表的称赞，并且不断接受各路媒体记者的采访。

家人和单位的同事从电视里看到了出席党的二十大并

杨戌雷身披全国劳动模范的大红绶带

频频接受采访的杨戌雷，从心底里为他感到骄傲和自豪。他的岳父高兴地对邻居和老伙伴们说："看电视了吧，我家小杨是党的二十大代表，被电视台采访，真给咱们争光了。"

会议闭幕，住在幸福大街的二叔给杨戌雷打来电话："戌雷，你真给咱杨家长脸了！你平时那么忙，来一趟北京也不容易，会开完了，来家住几天再回去吧。"

"二叔，大会结束了，我要忙着回上海，和单位的同事们认真学习贯彻习近平总书记的重要讲话精神，学习落实会议精神，继续干好污染治理的活儿，所以这次就先不去家里了，以后有时间再来看您。"

回到上海，除了本职工作，杨戌雷开始了一场接一场学习党的二十大精神的宣讲。从企业到学校，从机关到社区，有时一天连续讲 3 场，先后宣讲了 120 多场，深受各个行业听众的好评，大家认为他的宣讲不仅充满激情、情真意切，而且紧密结合自己的工作实际和成长经历，结合上海地区生态环境保护和治理的实际，结合老百姓的生活，不仅有高度，还特别接地气，能够引起强烈共鸣并受到鼓舞。杨戌雷说："中国共产党是中国工人阶级的先锋队，我作为一名共产党员和一线工人，感到非常荣幸和自

杨戌雷劳模创新工作室编写的国家职业资格教材《污泥处理工》

杨戌雷工装照

杨戍雷在人民大会堂前露出欢欣的笑容

豪，也深感肩上的使命和责任重大。污染治理和环境保护关系到坚持以人民为中心的发展思想，关系到维护人民的根本利益。我们都是习近平生态文明思想和人民城市重要理念的忠实践行者，绿水青山便是留给子孙后辈最大的金山银山。总书记说，‘江山就是人民，人民就是江山’，新时代的伟大成就是党和人民一道拼出来、干出来、奋斗出来的。我们一定要以更为强烈的历史自觉和主动精神，努力践行和传承劳模精神、劳动精神、工匠精神，继续努力实干、拼搏和奋斗，履行好代表的职责与使命，不忘初心，砥砺前行。”

第二章 家风家教与支持信任

杨戌雷出生在上海一个工人家庭，父母都是上海纺织业的工人，他们的勤劳、善良、质朴给杨戌雷带来很大的影响。父母不仅勤俭持家，而且都有很强的动手能力，经常给杨戌雷讲“天道酬勤”“勤则兴、懒则败”的道理，因而杨戌雷从小就认识到：劳动不仅光荣，而且创造财富。

杨戌雷清楚地记得，小时候家里的收音机是父亲买了零件，晚上下班后在灯下自己动手组装起来的。父亲让杨戌雷拧转旋钮，收音机里随后传出美妙的音乐，杨戌雷高兴地抱起了收音机，他从心眼里佩服父亲的本事。家里安装电灯，父亲把电线排得整整齐齐。凡是墙体需要打孔的时候，父亲从来不用冲击钻，而是用手枪钻轻轻地钻好孔，以防止把墙面震坏。父亲干的活儿，给杨戌雷留下最大的印象就是两个字：精致。家里的物品出现破损，父母先想到的是修，而不是买，而且经父亲一阵摆弄，一定会恢复如初或者延长寿命。

家里的工具应有尽有，并且被父亲摆放得整整齐齐，有条不紊。由于受父亲的影响，杨戌雷在排水技校上学的时候，就开始学习钳工和电工，并且当上了课代表。父亲还帮他在家里的阳台上设立了小工作间，购置了台虎钳。当杨戌雷第一次镶嵌铁板的时候，镶嵌的缝隙被父亲否定，父亲手把手教他，还告诉他使用锉刀的时候，手和脚应该是什么姿势。

在父亲的影响和教诲下，杨戌雷通过自身的努力，在三年技校学习中取得优异的成绩。班主任老师在他的毕业生鉴定表上写了评语，除了对学习和品质的认可与表扬，还专门有一句：“该同学有较强的动手能力。”杨戌雷的同班同学、污水处理车间副主任陈剑峰说：“上学的时候，戌雷的学习成绩就很优秀，他学得很用功，各门功课学得很通透，尤其动手能力更胜人一筹。”如今看来，那时候的杨戌雷，心里就埋下了劳模工匠的种子。

杨戌雷的小家位于上海市闵行区，距离单位一百多里，上下班要横穿上海市区。他的妻子叫黄慧华，匀称的身材，一头乌黑浓密的短发，椭圆的脸嵌着漂亮的五官，给人温柔优雅亲切之感。

杨戌雷父亲购置的小型台虎钳

谈起杨戌雷的工作状况，黄慧华深有感触地说：“要说怨气，我有时候也是有的。工作忙的时候，戌雷一个月不回家，他换洗的衣服实在没有了，我就通过快递寄给他。他给我最大的感觉是他一直都很忙，现在就更忙了，压力也更大了。戌雷能吃苦，属于意志力非常强的人，工作中的事情我可能说不清，但让我印象深刻的，就是单位的足球比赛。上半场的时候，戌雷右手戳了一下，骨折了，他还能坚持踢完全场，然后自己开车回家。到家一看，整个手肿得像馒头，经医院检查，手腕粉碎性骨折，开了刀。我很好奇手都断成那样了，戌雷是怎么坚持完成比赛的？让我又心疼又生气。刚做好手术，他就用左手翻看和摘录一个工程项目的图纸。手还没好，吊着绷带，还抢着做饭，用左手切菜炒菜……”

黄慧华和杨戌雷都是工人出身，更是愿意自己动手，就连儿子也受此影响。儿子上小学的时候，家里的门锁坏了，杨戌雷忙得回不了家，杨戌雷的岳母发愁没法锁门，10岁的儿子拿起锁尝试修理，竟然给修好了。

2011年，杨戌雷的父亲去世，母亲生病，孩子又小，杨戌雷刚接手污泥一期三大工程，压力很大，经常十天半个月见不到人。妻子黄慧华对此也很理解，就辞职了。岳母退休后就过来帮忙带孩子，黄慧华又重新工作，否则经济压力都在杨戌雷一人身上。

新冠疫情期间，一天晚上，杨戌雷整理了行李，说厂子可能会封闭生产，第二天，他就带着行李走了，这一走就是八十三天。组织要求党员回社区报到，他买了一批防疫物资送回社区，就又回到厂里，直到疫情结束才回家。后来杨戌雷当选了党的二十大代表，在电视里多次露面，从北京回来后，单位领导隆重地把他送回家，小区领导和街坊邻居都知道了，都说他平时很低调。单位忙的时候，他回到家也是电话不断。出席党的二十大之后，他宣讲的任务很多，经常在家里对着电脑修改 PPT，准备宣讲

在阳台上设立的小工作间

杨戌雷为儿子庆祝生日而烧了一桌丰盛的佳肴

材料。

杨戌雷工作虽然很忙，但他热爱生活，最大的业余爱好是踢足球——工作不忙的时候，每周可以踢三场球。他还爱做饭，周末只要他在家，就抢着做饭。他做饭时特讲究仪式感，节奏很鲜明，还很有耐心——鲫鱼的刺很多，他却能把所有的刺和骨头剔得干干净净。他还会做西餐，只要他在饭馆吃过的菜，就会像模像样地做出来。

工厂搞活动让带家属的时候，杨戌雷就带着孩子去感受。儿子小的时候，和杨戌雷小时候长得一模一样。

杨戌雷夫妇都很支持孩子的选择，孩子报考了上海船舶学校，他们都很高兴。儿子也很理解杨戌雷，觉得父亲很辛苦，他们父子俩的共同语言越来越多。

第二章 苏州河边的小男孩

吴淞江是长江入海前的最后一段支流。1843 年 11 月 17 日，根据《南京条约》和《五口通商章程》，上海正式开埠。善于冒险的外国人发现沿江向上游航行可直达苏州，于是就把吴淞江的上海段称为“苏州河”。

苏州河，是上海的母亲河，不仅催生了大半个旧时上海，又用一百年时间搭建起国际大都市上海的水域框架。苏州河不仅仅是自然的概念，它的每一束水流、每一朵浪花，都蕴含着历史与文化的元素。

今天的苏州河，河水清清，碧波荡漾。南岸高楼林立，北岸绿树成荫。天光楼影映在水中，随波纹抖动，不断聚散与重合。河的臂弯里，一排游船静候游人。沿北岸西行，进入水滨公园，虽是深秋，绿茸茸的草地，点缀几枚红红的落叶，像是季节的红唇深情亲吻着大地。

杨戌雷深情地走在苏州河边，看着河两岸如诗如画的美景，他有些蒙了。他先是往西走，感觉好像不对，又转

过去的苏州河

身往东走。他远远看到公园花坛边有个值班室，急忙奔了过去，问道：“师傅，您还记得原来河边有个小泵房吗？”师傅想了想，答道：“你算是问对人了，年轻人还真不知道，你问的是原来河边那间抽臭水的小泵房吧，早拆了，你看见河那边那片高楼了吧，原来泵房就在那座最高的楼下边的位置……”说话时，师傅指着对面一片高楼。杨戌

如今花融锦带、河畅水清的苏州河

雷谢过师傅，朝着河对岸走去。他在寻找河边那间小泵房的影子，更是在寻找苏州河边那段决定一生选择的记忆。

杨戌雷的母亲是上海人，曾是国棉 21 厂的工人。外婆家就住在国棉 21 厂南边的周家桥，周家桥在上海长宁区的中北部，距离苏州河很近。如今多个居民区沿河而建，因此被称为“苏河周桥”，周家桥已从过去的“臭河浜”变成今天美丽的风景带。杨戌雷从小就常跟着母亲到外婆家住。那时，苏州河是小戌雷常去玩的地方。他清楚地记得，夏天，外婆的屋里很热，但不敢开窗户，因为只要刮北风，苏州河飘来的一股股臭味儿便立刻灌满房间。小学一年级暑假，小戌雷又到外婆家住。一天，他又到河边玩的时候，看到不远处有一间小房子，觉得很好奇，悄悄地走了过去，从门口往里看。屋里值班的叔叔看到了这个虎头虎脑的小男孩，忙上前搭话：“小朋友，你到这里来干什么？”小戌雷歪着脑袋问：“叔叔，您在这个房子里干什么呢？”叔叔看着这个可爱的小男孩，耐心地告诉他，叔叔是看管水泵房的，就是把各家的污水收集起来排走。听完叔叔的解释，小戌雷又歪着小脑袋问：“污水都让您收起来了，怎么还这么臭啊？”孩子的童言无忌，让叔叔难以招架，他苦笑着摇摇头说：“是啊，等你长大了，好好

苏州河边打卡点

治理这些污水，这河就不臭了。”

那条散发着臭味的苏州河，那间小小的泵房，看管泵房叔叔的话，成了杨戍雷永久的记忆，也成了他一生的职业启蒙。有时他想，可能这就是冥冥之中的缘分吧。

杨戍雷父亲在上海第七纺织机械厂工作。杨戍雷初中毕业的时候，父母就业的纺织业失去了往日的辉煌，逐渐走下坡路，行业越发不景气，最终导致父母双双下岗。看到家里的境况，杨戌雷就想着早些参加工作，减轻家里的负担。听到上海城市排水技工学校招生的消息，杨戌雷很兴奋，因为他听说这所学校已经五年没有招生了，现在突然招生，那准是排水系统急着用人了，这可是千载难逢的好机会，千万不能错过。于是，他报考了上海城市排水技工学校。一天，家里收到一封信，打开信封，里边有一张粉红色的纸页，是学校寄来的录取通知单。杨戌雷的分数在全年级 150 人中名列前茅，他的专业是污水处理化验和监测，这个专业总共 40 多人。杨戌雷很高兴，因为他想起了小时候探寻苏州河小泵房的经历。学校已经五年没有招生，杨戌雷想，自己选的这个专业工作分配肯定不会有问题。但现实有时却是残酷的，开学第一天，学校就郑重宣布，从本届起，学校不再包分配，学生毕业后自找出路。

杨戌雷并未因此失去信心，他坚信，只要自己学好知识，掌握本领，就一定能够得到社会的认可和选择，照样能干出一番天地。

杨戌雷是城市排水技工学校 1998 级的学生。当时学校共有三个专业，杨戌雷是污水处理与化验专业的，但三个专业学的科目都差不多，只是侧重点不同，主修科目相对教学更有深度。杨戌雷在认真学习污水处理与化验专业的

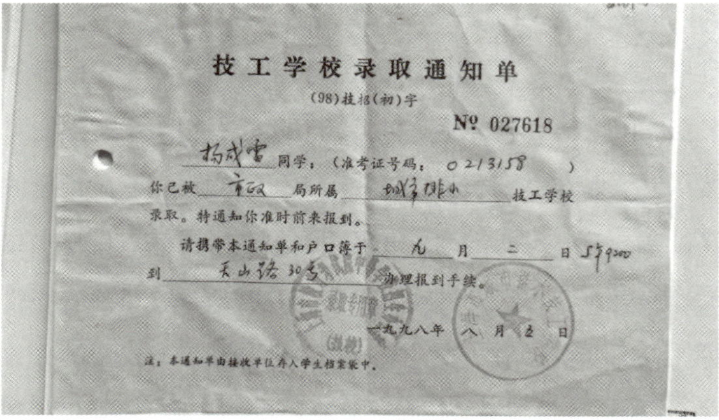

技工学校录取通知单

(98)技招(初)字

№ 027618

杨成雷 同学：（准考证号码：0213158）

你已被 市政 局所属 城建排水 技工学校录取。特通知你准时前来报到。

请携带本通知单和户口簿于 九 月 二 日 到 天山路30号 办理报到手续。

一九九八年 八 月 五 日

注：本通知单由接收单位存入学生档案袋中。

杨戌雷技校入学通知单

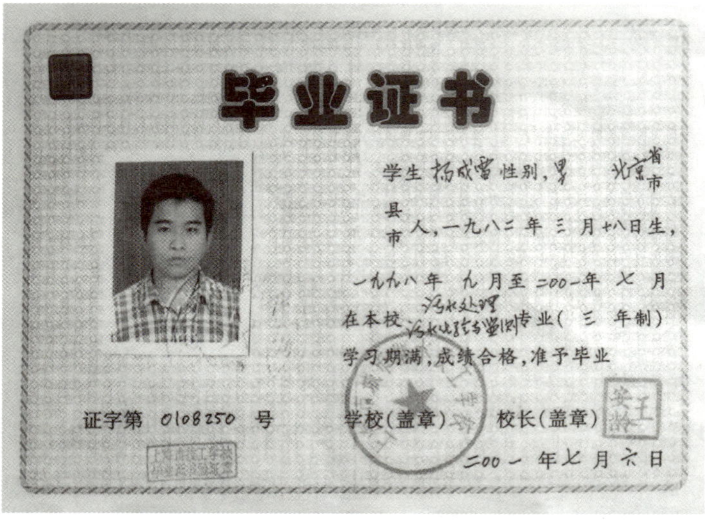

毕业证书

学生 杨成雷 性别 男 北京 省市 县市 人，一九八二年三月十八日生，

一九九八年九月至二〇〇一年七月

在本校 污水处理 专业（三年制）

学习期满，成绩合格，准予毕业

证字第 0108250 号　　学校(盖章)　　校长(盖章)

二〇〇一年七月六日

杨戌雷技校毕业证书

同时，还下功夫学习钳工和电工两个专业的技能知识，并且在班里担任了钳工和电工的课代表，他的电工和钳工水平，即使放在其他两个班级，也是最好的。

各门课程对杨戌雷都有巨大的吸引力，他不仅注重理论学习，也很重视实际操作。学校里布置了钳工镶嵌的手工作业，需要自行设计并制作，杨戌雷一个人拿着工具默默研究。为了锤炼自己的技能，他还特地让父亲买了一个台虎钳，拿着锯子、锉刀、游标卡尺，一个人有空就琢磨练手。周末休息的时候，几个同学来找他："戌雷，出去踢球吧。"在阳台的杨戌雷却说："我这里还有些事，你们去踢吧。"同学们好奇地挤到阳台，看到这间小阳台已经被改造成"工作间"，里边摆放着那个小台虎钳，旁边架子上整齐地摆着各类工具，杨戌雷正聚精会神地练镶嵌。

"杨戌雷，你可真用功啊，走，先出去玩会儿吧。"

"我真的不去了，你们去吧。"

同学们见拉不动杨戌雷，就都走了。这时，杨戌雷的父亲走过来，看到儿子正在做钳工镶嵌，就手把手地给他做指导，教他怎样用锉刀，人该怎样站位，手应该是什么姿势。

杨戌雷的父亲是 1949 年 10 月 1 日出生的，和新中国同一个生日，所以名叫杨新生，是工厂里技术水平很高的工人，动手能力很强，人也很聪明，单位很多解决不了的技术难题，杨新生都能解决。在父亲的指导下，杨戌雷把两块铁板巧妙地镶嵌在一起，中间的缝隙很细小。看着儿子的作品，父亲满意地笑了。

在技校学习的三年时间里，不管是主课还是副课，杨戌雷学习得都很认真，也都取得了优秀的成绩，受到老师

童年的杨戌雷

和校领导的称赞，就连他自己也很满意，该学的东西都学到了，收获满满，就像一位辛勤耕耘的农夫，金秋时节获得了累累硕果。

杨戌雷这个苏州河边的小男孩，此后将用他最初的知识储备和精神能量培育一颗矢志不渝的初心，去迎接一个崭新的人生。

第四章 泵站的磨砺与锻造

中国古代名家对于水有很多著名的论述，大多将水赋予理想人格的意义，甚至把人类的各种美德赋予水。老子说“上善若水”，管子说“水者，地之血气，如筋脉之通流者也……集于草木，根得其度，华得其数，实得其量。鸟兽得之，形体肥大，羽毛丰茂，文理名著。万物莫不尽其几，反其常者，水之内度适也”。

人与水的关系，是人与自然的关系，是相互依存、和谐共生的关系。人的生存与发展离不开水，对水进行必要的治理，是人对自然的调理。这种治理自古有之。从大禹治水，到如今还在发挥作用的都江堰，都是古代治水的典范。作家余秋雨在其散文中这样总结李冰父子建造的都江堰："看上去，是人在治水；实际上，一切成功的治水方案都是因为人领悟了水，顺应了水，听从了水。只有在这种情况下，才能出现天人合一……"

随着社会的进步和时代的发展，人类对于水的利用和治理都在不断延伸与拓展，特别是对人类利用后的污水进行治理。对于水的"激浊扬清"，是当今及今后治水的一项重要内容。杨戌雷是新时代治理污水的样板和典范，他在治污事业中的突出贡献，与古代的大禹和李冰父子具有同样的典型与历史意义。他的经历与业绩同样应被载入史册。

2001 年 7 月，杨戌雷毕业了。尽管工作还没着落，但杨戌雷一天也不想闲着，他决定"骑驴找马"。于是，一家快餐店里，多了一位勤快的小伙子。五个月的时间很快过去。一天，杨戌雷突然收到学校发来的水务系统招工通知，要求通过笔试和面试方可录用。他眼前一亮——终于盼到机会，当即报名参考。凭借扎实的学业功底，他顺利通过笔试。面试当天，学校会议室里气氛庄重，考官们正

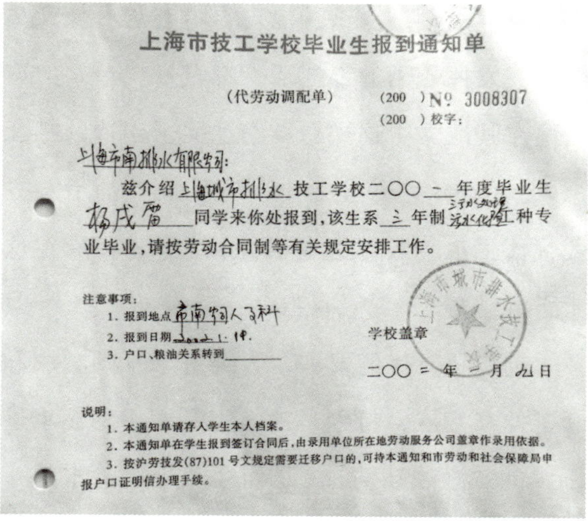

上海市技工学校毕业生报到通知单

（代劳动调配单）　（200　）№ 3008307

（200　）校字：

上海市南排水有限公司：

兹介绍上海城市排水技工学校二〇〇一年度毕业生杨戌雷同学来你处报到，该生系三年制污水处理工种专业毕业，请按劳动合同制等有关规定安排工作。

注意事项：

1. 报到地点 市南公司人事科
2. 报到日期 2002.1.18.
3. 户口、粮油关系转到________

学校盖章

二〇〇二年一月21日

说明：

1. 本通知单请存入学生本人档案。
2. 本通知单在学生报到签订合同后，由录用单位所在地劳动服务公司盖章作录用依据。
3. 按沪劳技发(87)101号文规定需要迁移户口的，可持本通知和市劳动和社会保障局申报户口证明信办理手续。

杨戌雷的毕业生报到通知单

襟危坐。杨戌雷精神饱满地站在席前，冷静沉着地应答每一个问题，并恰到好处地引申，引得考官们频频点头。刚走出考场，教导主任便追出来夸赞：“不错！小伙子表现很好！”

最终，杨戌雷成功被录取。他收到学校寄来的毕业生报到通知单后，按要求前往上海市南排水有限公司报到，被分配到南区污水管理所北部大组下辖的一座小泵站。泵站只有四个人、四台离心泵，每个人保养一台设备，兼负责开关柜等保养、格栅除污机的加油、环境卫生等工作，四个人翻班。杨戌雷从这里的实习生和学徒工做起，开启了他的治污生涯。他非常珍惜这份来之不易的工作，并且把这份珍惜贯穿整个职业生涯。

在这个小小的泵站，杨戌雷每天早来晚走，除了干好自己的工作，其他人的工作他也抢着干。据杨戌雷的同学、和他同批进泵站当学徒的何超回忆，“这些又脏又累的活儿，杨戌雷不仅争着抢着做，好几次接他的班时发现，他不仅把白班的活干得井井有条，连别人晚班的活也做完了”。当时由于老百姓对排水行业不熟悉，也不了解城市水环境治理，把大量的塑料袋、卫生纸等生活垃圾排入污水管线，进而造成水泵堵塞。当时泵站的自动化程度低，进水格栅上的垃圾只能靠人工清理，部分污水泵站直接承接上游化粪池排放的混合污水，脏东西因此就更多了，臭味熏天。杨戌雷在泵站的工作，就是从清理垃圾开始的。平均每两小时，他就要手拿九齿钉耙去清捞一次垃圾，每天都会捞出六七大桶。杨戌雷被熏染得一身臭味，他却一点不嫌脏、不怕累，干得汗流浃背。清理完垃圾，他再换上一套干净的工作服，和师傅们按上下游液位学习开停泵、保养设备、维修设备。

杨戌雷不仅勤快，还很用心。他每天和设备打交道，边保养边研究设备学习技术。功夫不负有心人，干得越多，技术就学得越多，也就掌握得越快。杨戌雷吃苦耐劳、勤学苦干的精神，给领导和同事们留下深刻印象，大家看出他是棵好苗子。

杨戌雷在小泵站工作了十个月，所长就把他调到机修队进一步锻炼。机修队的工作又苦又脏，师傅怎么干，他怎么干，师傅休息的时候，杨戌雷继续干。有一次到闵行泵站检修，为工作方便，他就住在那里。杨戌雷每天都从早八点干到晚八点，除了中午一小时，其他时间他都在干活儿。“戌雷，歇会儿吧。”师傅们心疼地劝说。“没事儿，我不累。”杨戌雷仿佛一台开足马力的机器，一刻不停地运转。他想，经验的积累就靠实践，勤于实践对了解设备原理和学习工艺技术很有好处。学校学习的知识固然重要，但在实际工作中才能掌握更多课堂上学不到的知识，实践才是最好的课堂。

一天，杨戌雷和师傅们正拆泵检修。突然，污水从管道中溢出来，如不及时堵漏，污水很快就会充满泵房。杨戌雷来不及多想，迅速脱下工作服，甩到身后，戴上防

杨戌雷（左一）脏活累活抢着干

毒面具跳入污水中。他好像没有看到一团团污物，没有闻到一股股恶臭，而是用手摸着、搜索着，专心致志地寻找阀门缺口，最终将缺口及时堵住，随后又忙着和大伙儿一起清理污水。作为学徒工，他能从容面对和处理一个个突发情况，大家自然对他刮目相看。在大家的眼里，杨戌雷就像一只“小老虎”，总是充满着活力和干劲。每当提起杨戌雷这个徒弟，机修队的龚德兴总是满脸的笑容。他说：“杨戌雷这个年轻人不仅肯动手、不怕脏不怕累，更难得的是他还肯动脑，对待每一项任务都认真钻研、刨根问底，如果能将这种精神坚持下去，他的将来无可限量。”

那个时期的杨戌雷是共青团员，有着青年的蓬勃朝气，有着对于新生事物的敏感与热情，有着追求卓越和勇于担当的勇气、魄力与干劲，同时也不乏成熟和稳重。在一次共青团会议上，杨戌雷被选为南区污水管理所的团支部书记。虽然只是兼职团干部，但他很看重这个职务，用他的细心和实干担起这副担子。他将团员组织起来，在单位院里整地、拔草、种树；为所里保养设备，为旧的开关柜刷油漆；还成立了青年突击队，延续排水行业服务为民的优良传统，担负起“泵站延伸社区　优质服务居民”的责任，为居民排忧解难。有一次，泵站周边老旧小区的

青年突击队合影，前排右一为杨戌雷

20多户居民反映，家中马桶冲不下去，排水口咕噜咕噜返水。杨戌雷立即带着青年突击队到社区排查。他们打开一个个窨井盖，阵阵臭味扑鼻而来，杨戌雷撸起袖子，带头用工具捞垃圾，队员们积极地跟着干，一时间，捞出的垃圾堆成了小山，小区的排水管道终于疏通了，居民们非常感谢这支青年突击队。他们还到路上指挥交通，到敬老院为老人们开展服务……团组织的活动开展得有声有色，也得到领导的大力支持和大家的一致称赞。

担任自动化泵站站长期间杨戌雷（右一）向领导介绍站里工作情况

无论做任何工作，杨戌雷都尽自己的最大努力去锤炼自己，工作能力与技术水平因此得到快速提升。此时，南区污水管理所的三号老式泵站改成了全自动，原站长退休，特别需要年轻人去掌控，所长的眼光落到了杨戌雷身上。听说要把杨戌雷调走，机修队杨戌雷的师父死活不同意，所长再三做工作，师父才依依不舍地送走了他的爱徒。22岁的杨戌雷，成为南区污水管理所三号泵站的站长，连同三号泵站旁边的小站，他一共管理5个泵站。在上海的排水行业里，他是最年轻的站长。

杨戌雷从一个学徒工，成为重要泵站的站长，他牢牢记住所长嘱咐他的话："组织选择你当站长，不是因为你水平比别人高多少，而是让你得到锻炼。师傅们都是50岁以上的老职工，你作为领导，不仅要有统筹全盘的管理思路，还要在技术上能服众。"

杨戌雷虚心向师傅们学习，千方百计和师傅们打成一片。为了尽快掌握全自动装置，杨戌雷先自己学习，学会了后，又开始耐心地教师傅们。师傅们都把这个带头吃苦、善于学习又真诚善良的小领导当成自己的孩子。一天，一个师傅对天天带午饭上班的杨戌雷说："小杨，你明天不要带饭了，我买些菜，中午烧饭给你吃，尝尝我的手艺。”

“好的，师傅。”杨戌雷答应着，心中涌起一股暖流。

自动化的进程中，有时也会遇到一些意想不到的问题，有心的杨戌雷却能想到。泵站的格栅除污机主要用于去除污水中的生活垃圾及其他悬浮杂物。全自动化以后，格栅除污机完全是根据 PLC 控制，没有手动功能装置，一旦发生故障，就无法补救。调试过程中，杨戌雷及时提出此问题，但没能得到重视。

后来设备真的出了故障，杨戌雷当时在外培训，早晨他知道了此事，第一时间向生产科报修。中午询问情况，得知问题还没解决，而且很严重，污水源源不断，杂质太多除污机就会塌掉，就会闯大祸。杨戌雷不敢耽搁，赶紧在培训中心门口叫了一辆出租车，立即赶回单位。

杨戌雷进了泵站，看到现场围了很多人，所长和生产科的同事们都在。自动化的泵站处于起步阶段，很多老师傅也是第一次接触，没有经验，所以都有些不知所措。杨戌雷疾奔过去，看了一下，没说话，就动起手来。只见他不慌不忙地摆弄着，只用了 5 分钟，就把问题解决了。原来，泵站更新改造加装 PLC 控制柜时，杨戌雷不仅认真观察研究，同时也敏锐地觉察到，还应该加装手动切换开

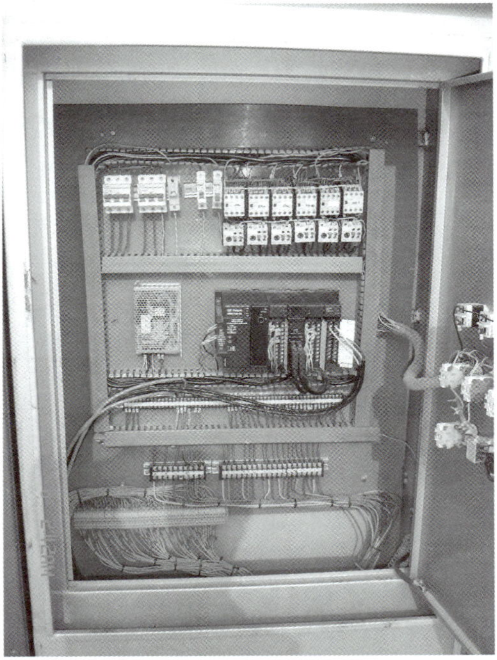

格栅除污机 PLC

杨戌雷考取了钳工、电工等职业资格证书

关，实现自动手动两条腿走路。于是，他认真思考PLC发生故障时，怎样越过这个自动模式，用手动的办法解决，而今天就是成功的实践。众人投来钦佩的目光，所长感慨地说：“这么多人都没办法，你用了5分钟就搞定了，真是太厉害了！”

尽管工作繁忙，但杨戌雷始终坚持学习，读了许多技术业务书籍。在校期间，他学习了电工、钳工的知识，成绩还是最好的，但没有职业资格证书，于是就又考取了电工和钳工的中级职业资格证书，因而更加如鱼得水，将电工、钳工的技艺在工作实践中运用得游刃有余。南区污水管理所管辖的各个单位每年都要搞技术比武，各级领导对此都很支持。对技术精益求精的杨戌雷很热衷参加技术比武，认为技术比武对于技能提高很有帮助。技术比武的种类很多，有泵站机电设备的保养维修、电工接线、倒闸操作、防毒面具使用、变压器巡检要求、灭火器使用、开关柜保养、机电设备拆装等内容。不管是公司范围，还是南区污水管理所管辖单位，每次技术比武，杨戌雷都是“常胜将军”，包揽各项比武的第一名。每到颁奖之时，大家都会看到那个中等身材、满身虎气、戴着一顶小红帽的杨戌雷站到领奖台上，捧着第一名的奖杯。单位领导还经常

杨戌雷（左一）与同事宣传企业文化

杨戌雷（前排右四）荣获技术比武第一名

派他当代表，外出参加比赛，他照样不负众望，毫无悬念地把奖项拿回来。

2007 年夏，一场突如其来的暴雨袭击了上海，当时郊区的排水设施还不太完善，位于上海浦东新区西部的周浦镇积水严重，不仅水位没过了成年人的腰部，还发生了人员触电事件，给居民的生命安全带来了极大威胁。

小区告急！向近旁的泵站发出了求救信息，泵站立刻组成了以杨戌雷为首的抢险队，紧急奔赴小区排险救灾。

收到信息后，杨戌雷迅速从四十多公里外的家中赶到现场，立即组织抢险队员投入紧张且危险的排水工作。他站在齐腰深的污水里，带领大家快速地架设水泵，铺设水管，争取尽快将积水排出小区。天渐渐黑了，他和队友们顽强坚守着，促使积水一点点排出。经过一整夜的艰苦努力，杨戌雷带领的抢险队终于排完了小区内的积水，由此也排除了险情和危机，保障了居民的生命安全。当杨戌

杨戌雷带领大家快速地架设水泵，铺设水管，争取尽快将积水排出小区

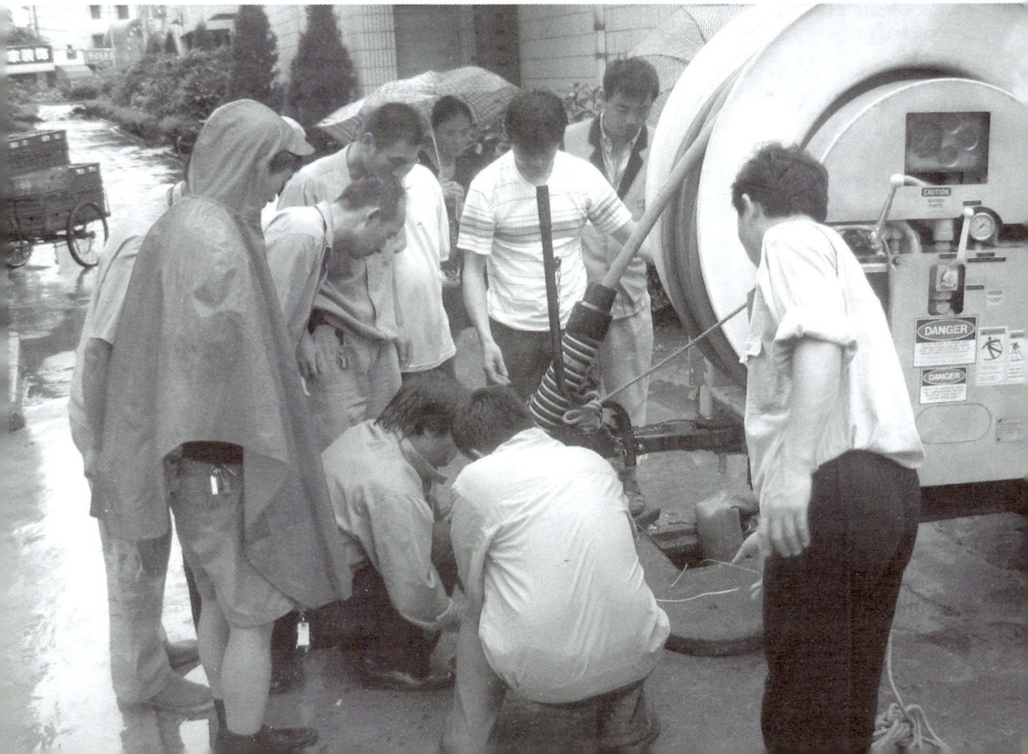

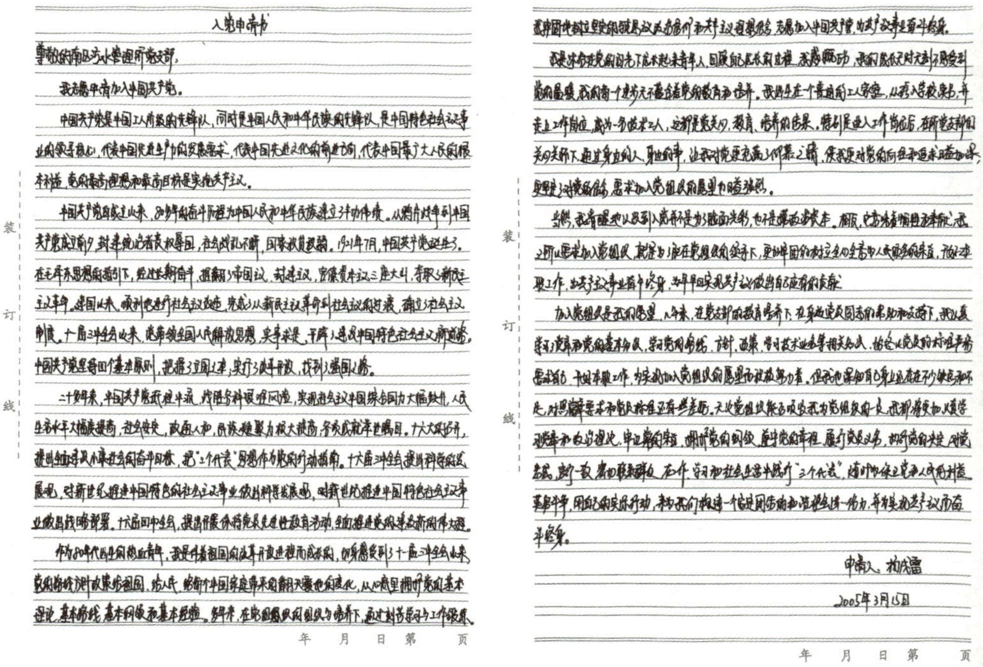

入党申请书

尊敬的南区污水管理所党支部：

我志愿申请加入中国共产党。

中国共产党是中国工人阶级的先锋队，同时是中国人民和中华民族的先锋队，是中国特色社会主义事业的领导核心，代表中国先进生产力的发展要求，代表中国先进文化的前进方向，代表中国最广大人民的根本利益。党的最高理想和最终目标是实现共产主义。

中国共产党自成立以来，80多年的奋斗历程为中国人民和中华民族建立了丰功伟绩。从鸦片战争到中国共产党成立前夕，封建统治者丧权辱国，社会战乱不断，国家积贫积弱。1921年7月，中国共产党诞生了。在毛泽东思想的指引下，经过长期奋斗，推翻了帝国主义、封建主义、官僚资本主义三座大山，夺取了新民主主义革命。建国以来，顺利地进行社会主义改造，完成了从新民主主义革命到社会主义的过渡，确立了社会主义制度。十一届三中全会以来，党带领全国人民解放思想，实事求是，开辟了建设中国特色社会主义新道路。中国共产党坚持四个基本原则，把握了立国之本，实行了改革开放，找到了强国之路。

二十多年来，中国共产党砥柱中流，战胜各种艰难风险，实现社会主义中国综合国力大幅跃升，人民生活水平大幅度提高，社会安定，政通人和，民族凝聚力极大提高，各项成就举世瞩目。十六大的召开，提出全面建设小康社会的奋斗目标，把“三个代表”思想作为党的行动指南。十六届三中全会提出科学的发展观，对新世纪推进中国特色的社会主义事业做出科学发展观，对新世纪推进中国特色社会主义事业做出战略部署。十六届四中全会，提出开展保持党员先进性教育活动，全面推进党的建设新的伟大工程。

作为80年代出生的热血青年，我是伴着祖国的改革开放进程而成长的，切身感受到了十一届三中全会以来党的路线方针政策给祖国、给人民、给每个中国家庭带来的翻天覆地的变化，从心底里拥护党的基本理论、基本路线、基本纲领和基本经验。多年来，在党团组织的组织与培养下，通过刻苦学习与工作锻炼，

年 月 日第 页

我牢固地树立坚定的马克思主义无产阶级和共产主义理想信念，志愿加入中国共产党，为共产主义事业奋斗终身。

我是沐浴着党的阳光下成长起来的青年人，回顾自己成长的历程，我感触颇多，我的成长时时刻刻离不开党的关怀，我的每一个进步无不蕴含着党的教育和培养。我出生在一个普通的工人家庭，从我入学校读书，并走上工作岗位，成为一名技术工人，这都是党关心、教育、培养的结果。特别是进入工作岗位后，在所党支部的关怀下，通过身边的人、身边的事，让我对党更充满了仰慕之情，使我更对党的向往和追求日益加深，更坚定了对党的信念，要求加入党组织的愿望也日益强烈。

当然，我清醒地认识到入党并不是为了脸面光彩，也不是捞取政治资本。相反，它意味着牺牲和奉献。我之所以要求加入党组织，就是为了能在党组织的领导下，更加牢固的树立全心全意为人民服务的宗旨，干好本职工作，为共产主义事业奋斗终身，为早日实现共产主义做出自己应有的贡献。

加入党组织是我的愿望，几年来，在党支部的教育培养下，在身边党员同志的帮助和支持下，我认真学习了党章和党的基本知识，学习党的路线、方针、政策，学习技术业务等相关知识，始终以党员的标准严格要求自己，干好本职工作，为实现加入党组织的愿望而积极努力着。但我也深知自己身上还存在不少缺点和不足，对照党章要求和党员标准还有一些差距。如果党组织能接收我为党组织的一员，我将更加认真学习党章和政治理论，牢记党的宗旨，拥护党的纲领，遵守党的章程，履行党员义务，执行党的决定，严守党的纪律，言行一致，密切联系群众，在工作、学习和社会生活中践行“三个代表”，随时准备为党和人民的利益[illegible]，用自己的实际行动，来为我们构建一个安定团结的和谐社会尽一份力，并为实现共产主义而奋斗终身。

申请人：杨戌雷

2005年3月15日

年 月 日第 页

杨戌雷的入党申请书

雷他们收拾起水泵和水管的时候，东方的地平线升起了红红的太阳，小区居民们从惊慌失措中恢复了平静，各家各户争着为奋战了一夜的抢险队员端来热腾腾的早餐，表示感谢。

通过一次又一次的为民服务，杨戌雷深刻感受到自己的工作与人民群众的利益息息相关，与人民群众的生命财产息息相关，与共产党员的责任和使命息息相关。他更加下定决心，要努力干好排水事业，全心全意为人民服务，这既是党的根本宗旨，也是工人阶级先锋队的意义所在。一切从人民的利益出发，完全彻底地为人民服务，才是正确的人生观和价值观，才是崇高的精神境界和高尚的道德情操。杨戌雷用自己的实际行动，不断践行着他在入党申请书中写下的誓言："为了保护国家和人民的利益，在一切困难和危险的时刻挺身而出，英勇斗争，不怕牺牲。"

杨戌雷的徒弟唐付芸说："上海有特别的汛期，强降雨、台风，每到关键时刻，师父都带头值班，出现积水、漏水，危急关头他都冲在最前边。"

经过一场又一场的锤锻、磨砺和考验，杨戌雷成为一块响当当的"好钢"。2007 年 11 月 16 日，杨戌雷光荣地加入了中国共产党。

第五章 来自白龙港的新考验

白龙港位于上海市浦东新区东部，是黄浦江水系通往杭州湾的一条河道。古时，河底堆积着长条白色贝壳碎骨堆积物，形状似龙，因而得名。

1997 年，一支工人队伍来到了长江口畔和东海岸边，惊飞了芦苇丛中的群群鸥鸟，扰动了天空中的朵朵白云。他们不仅开发大面积的芦苇塘，还不断向大海延伸，填海造陆。土地在他们的手中和脚下不断增长着面积，从这时起，他们就以开创者的雄姿和改天换地的勇气，将一座大型的污水处理厂稳稳地安放在这里。

白龙港污水处理厂的大门在厂西部，说是大门，但其实并没有门，就是工厂的进出口，很是开阔。大门中间有一段浅色的装饰矮墙，矮墙中间缺口处置一地球模型，上有“上海城投”的字样与LOGO，矮墙两侧便是出入的道路。进口门卫室的外墙上，写着四行遒劲的大字，内容是关于白龙港精神的。从大门口往里看，首先映入眼帘的是门内小广场上那面飘扬的五星红旗。

白龙港污水处理厂总占地面积254公顷，是上海市污水治理二期工程的终端处理设施所在地，也是上海水环境治理和长江生态保护的一道重要防线。全厂由污水处理系统、污泥处理系统、电力系统、出口泵站、除臭系统等多部分组成。今天，白龙港污水处理厂已经发展成为亚洲最大的污水处理厂，每年处理的污水相当于83个西湖的年储水量，服务面积1250平方千米，服务人口960万，日处理规模280万立方米，年处理污水11亿立方米，约占上海减排量的三分之一，不仅为上海城市水环境保护作出巨大贡献，而且极大改善了长江口的生态环境，保一江碧水入大海。

白龙港污水处理厂于1997年初建，经过2004年的一次升级之后，又迎来了2008年更大规模的升级改造和扩

白龙港

白龙港污水处理厂大门

建，而这也给杨戌雷带来了一场新的考验。

一天，原上海市城市排水市南运营有限公司的总经理把杨戌雷叫到办公室，讲了白龙港污水处理厂建设的规模，特别强调了这个新型的污水处理厂对于上海的排水是何等的重要，并宣布将杨戌雷等26名技术骨干调到白龙港污水处理厂支援建设。

杨戌雷初到白龙港污水处理厂

“您放心吧，我一定在新单位努力干好工作，不辜负领导的期望！”年仅26岁的杨戌雷信誓旦旦地向领导保证，一定完成任务。

白龙港污水处理厂虽然已建成十年，但由于是新的工业区，工厂周围仍是比较荒凉。白天，破旧的道路尘土飞扬。晚上，昏暗的路灯照着孤独的树影，只能听到芦苇和野草丛中的虫叫与蛙鸣。路两边都是建设中的厂区，方圆几里地，找不到一家商店。杨戌雷和其他25名工友来到了被荒芜包围的白龙港，同来的人中，除了杨戌雷，其他人都是40岁以上。

杨戌雷2006年结婚，2007年生了儿子，家里负担重了，开销大了，但白龙港污水处理厂的工资却比原单位减少了三分之一。杨戌雷怀着无比忐忑的心情，去“请示”妻子。但妻子并没有抱怨，只是说：“你自己想清楚就行了，你做什么决定，我都支持你。”

杨戌雷接着说：“工资虽然少了一些，条件暂时还不太好，但从长远看，白龙港是污水处理领域更大的发展平台，必然成为行业的标杆，也是能够得到更多锻炼的岗位。”听了杨戌雷的“补充发言”，妻子更从心里认同并佩服丈夫。

杨戌雷被任命为白龙港污水处理厂动力车间主任，负责电力和鼓风系统。他所负责的这一岗位是污水处理厂的心脏，因为电的输送是第一要务，只有正常供电，各个部门才能正常调试和运转。杨戌雷等人是扩建后进厂的第一支队伍，当时厂区的道路还没修好，由于过去多是芦苇荡，走起来颇有当年红军过草地的情状。杨戌雷穿着雨靴，一脚踩下去，雨靴陷进软泥里，使劲儿往外拔，结果脚出来了，鞋还在泥里。就这样将雨靴脱了再穿、穿了又脱。

在 40 摄氏度以上的作业现场，工作服被汗水浸透了顾不上换又被高温烘干；周围成群的蚊子苍蝇嗡嗡叫。工作面都高于地面，台阶还没修好，杨戌雷就带着大家爬颤悠悠的临时竹梯。

杨戌雷抓紧熟悉着自己的工作场地，他所负责的大型变电站规模在行业内首屈一指，和浦东机场相差无几。当他看到两台 20000 千伏安的变压器，心里一惊：天哪，这么大呀！他感叹着，从没见过这样巨无霸似的家伙。杨戌雷又来到鼓风机房，看到 12 台 990 千瓦的鼓风机在那里整齐列队，等待他的检阅。这可是排水系统中最大型的鼓风机组，杨戌雷油然生出一种自豪感。

电力部门了解电力供应情况、对接工作的代表来了，看到一个留一头板寸、戴着厚镜片眼镜的大男孩在电力车间现场指挥，满脸愠气，毫不客气地拍着工作台对厂长王荣生说："你们选人用人太不负责了，怎么能用这么个毛头小伙子负责这么大的系统呢？"这等埋怨，明显是冲着杨戌雷来的。听到这话，杨戌雷那颗张开的心开始收缩，自己的能力受到质疑，让他感受到了压力。过了一会儿，厂长走过来，拍着杨戌雷的肩膀说："不要听他的，只管做好你自己，我们相信你！"厂长简短的话语，字字千钧，

杨戌雷（右一）带领青年职工学习动力车间工艺

动力车间时期的杨戌雷

鼓风机房带教培训，左二为杨戌雷

使杨戌雷有些失落的心重新鼓起勇气。

杨戌雷身穿一件胸前印着白色“污水处理厂”字样的黑色工作服，兜里揣着本子，全身心扑在工作现场。他记录线路接口，研究线路走向、供电方向、设备结构和工艺技术，边看边记。他不仅熟悉了解自己本职内的工作，还将内容延伸到前沿与后端的工艺。他的观察和思路紧跟每一根管线，不仅要搞清每一根管线的输送情况，还要看污水处理池，看微生物的供氧，看空气流量和出口流量是否匹配，看鼓风机的工作状况，看污水气泡是否均匀……后来担任虹桥污水处理厂副厂长的黄晓俊当时问杨戌雷：“这不是你的工作，你怎么比我们跑得还勤？”杨戌雷说：“污水处理是一个大系统，把其他的系统搞明白了，对我的本职工作很有好处。”

杨戌雷就是从这样勤奋用心的观察中逐渐悟出了许多门道，熟悉了业务，增长了知识。他白天坚守现场，晚上熬夜查阅相关资料。三个月里，他将在现场发现的问题整理成100多条改进建议，反馈给设备安装部门，结果全部被采纳，就连对方经验丰富的工程技术人员都对这位大男孩儿似的主任刮目相看。通过工作上的接触，上海金淞机械工程有限公司张莉深有感触地说：“杨戌雷主任经常能够很敏锐地发现

白龙港污水处理厂

杨戌雷在变电间中查询线路

问题所在，在项目实验阶段非常注重安全性，对我们工作的要求很高，对我们开展工作也有很大帮助。”

在白龙港污水处理厂的第一年，杨戌雷和他的团队生动践行和诠释了“攻坚克难、创新进取、爱岗敬业、通力合作”的白龙港精神。经过艰苦努力，白龙港污水处理厂在最短时间内顺利完成升级扩建，日处理规模达到了200万立方米，为上海市全面完成“十一五”减排目标作出了重要贡献。而杨戌雷和他的团队在蓬勃发展的排水事业中进一步得到锻炼，茁壮成长。

杨戌雷汇报现场设备状况

第六章

向污泥进军，啃下『洋骨头』

“泥”字本身就伴着水。治水，也必须治泥。污水处理是城市水环境治理的最后一道防线，用生物的方法处理污水，就是用微生物将污水中的各种污染物质分解和去除，使水质得到净化。这些微生物被称为“活性污泥”，它们也会有生老病死，必须将老化的、多余的微生物排出污水处理系统，从而维持污水处理系统的生物活性，污泥也是污水处理的副产物。

20 世纪 90 年代，污泥处理主要以填埋方式为主，即对污泥简单脱水后进行填埋。这种方式不仅大量占用土地，还会破坏土质，污染土壤和地下水。这样的处理方式绝不是长久之计，也成为上海治水前进道路的掣肘，上海因此面临着“污泥围城”的困境。

在“治水又治泥”成为现实难题的时候，杨戌雷开始进军污泥处理。他不仅亲身经历和见证了上海污泥处理从无到有、从小到大、从弱到强的全过程，而且为污泥处理作出了卓越贡献。

2008 年，杨戌雷初到白龙港污水处理厂的时候，隔着老远，就能闻到填埋坑散发出的臭味。一天，杨戌雷在动力车间办公室的台子上放了一枚五角钱硬币，只一周时间，那枚硬币就变成了黑色的。夏天，办公室的窗户上趴满了苍蝇，杨戌雷关上窗户，透过纱窗，却看不到外面的天。厂东部位于长江边，亦是长江入海口，几片白云悠然，像是天空中神秘的岛屿，把影子投在水面上。蓝天白云之下，既有长江碧波滚滚，也有大海波澜壮阔。这样的地理位置更凸显了污水处理的重要性，决定着流入大海的水是清还是浊。白龙港污水处理厂沿着江边砌了一道长长的矮坝墙，把工厂和长江隔开。坝墙有一段缺口，缺口处伸出一条路，也是一座桥，直插江中。这是当年污水处理

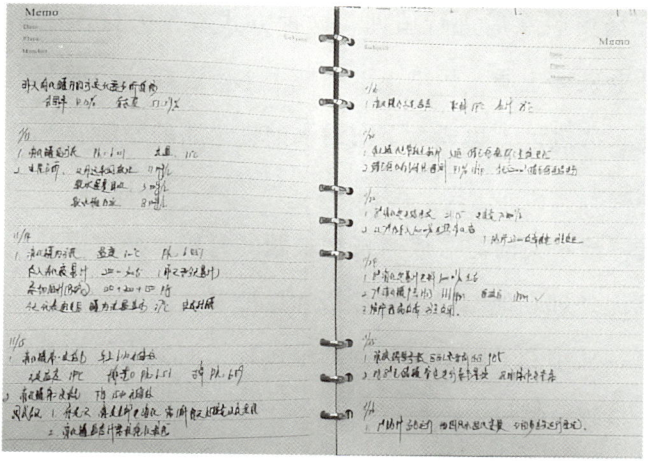

杨戌雷手写的工作笔记

厂修建的一座码头，主要用途是将污泥从这里装船，运到港外填埋。

国家越来越重视污水处理中的污泥处理。2011 年，过完春节刚上班，厂长王荣生找到杨戌雷：“戌雷，跟你说个事儿。厂子开始大规模兴建污泥处理系统，原来污泥处理车间的老主任身体不太好，这可是要紧的差事，组织决定让你去负责。对于你，用不着说动员的话，你肯定能做好。”又是短短的几句话，厂长这番不是动员的动员，让杨戌雷感到压力巨大，因为他刚熟悉了动力车间，刚把动力车间干得风生水起，又要挪窝儿了。他感觉自己和团队就像一群拓荒者，开荒种植的一片庄稼刚要成熟，还没收割，紧接着又被派去开垦另一片荒地。这使得他的内心生出一种只有开拓创造才具有的动力。

杨戌雷到了污泥处理车间，负责消化、干化、脱水三大工程。不仅他本人以前从来没接触过这些，就连整个团队对此都是零基础。一百多个人，六七十个人是新毕业的学生，一年之内要担负起8套消化系统、3套干化系统、26套深度脱水系统的接管运行任务。要解决大上海“污泥围城”的难题，谈何容易。

与此同时，杨戌雷家里的压力也接踵而来。就在他进污泥处理车间的第一年，他的父亲突发白血病，三个月就过世了，母亲也病倒了，儿子才3岁。杨戌雷为了工作，常常回不了家，为了照顾老人和孩子，他的妻子毅然辞职。有一次，十几天没回家的杨戌雷忙了一整天，想回家看看，下了班忙着往家赶。推门进屋，看到妻子正在摆弄电脑，地上多了几只纸箱。一问才知道，妻子辞职后，为了给家里增加点收入，自己尝试着开起了网店。在一边玩的儿子向他扑过来，妻子忙站起身，抱起了儿子，因为杨戌雷身上有一股难闻的臭味在屋里弥漫，妻子下令：“别动，先去洗澡！”儿子喊着：“臭爸爸，臭爸爸。”

从泵站到动力车间，再到污泥处理车间，最脏的活儿杨戌雷都抢着干。在检查、维修、清理设备的工作中，别人不愿钻的地方，杨戌雷抢先钻，一打开孔道，臭味儿往外冒，这臭味儿像是长出了千万只手脚，拼着命地往人身上钻，杨戌雷头发上的味道常常一周都洗不掉。但也正是他的身先士卒，影响了身边人。据杨戌雷回忆，当时很多刚从学校毕业的大学生也跟着他一起干。记得有一次，清理完干化机后，有位同事偷懒没去洗澡，就钻进了回家的地铁，一会儿的工夫，他所在的车厢就空了半截儿，可见味道的威力之大，这段故事也成了大家茶余饭后的笑谈。

污泥处理车间的土建工程由国内承建，设备和技术主要靠进口。杨戌雷和他的团队眼巴巴地等回了进口设备，也等来了参与调试的外国专家和满是外文的图纸和说明书。当污泥消化系统在上海首次大规模应用时，没有经验的杨戌雷倍感压力。

白天，杨戌雷和翻译紧跟外国专家，想尽快了解和熟悉设备。晚上，他对照软件和辞典一点点翻译设备图纸和说明书，白天再通过现场逐一复核比对，并在图纸上的各个部位注上中文。

其实，杨戌雷很清楚，污泥处理是有危险的，污泥干化过程中，内部会产生大量的有机粉尘，所以对于氧量需要严格的控制。污泥消化系统的运行，会产生大量的沼气，同时伴随高浓度的硫化氢，如果不做好相应的安全防护措施及安全管控，极易发生安全事故，这可是人命关天

杨戌雷正专注地翻译英文图纸

的事。杨戌雷说，不能因为有危险就远离，而要怀着一颗敬畏之心，以对生命高度负责的精神一丝不苟地做好安全生产工作，确保不出事故。

2011 年，国内首例全链条世界级“巨无霸”污泥处理中心即将进入调试阶段，一场排水行业史无前例的重大攻坚战，摆在了 29 岁的杨戌雷面前。

“当时我刚工作不久，本以为担此重任的会是一位‘老

杨戌雷（右三）与同事们正在研究图纸，学习掌握运行原理

法师’，没想到来的是一位和我年龄相仿的年轻人。”污泥处理车间工艺员唐付芸回忆道。

杨戌雷逐渐认识到，同时接收三个工艺完全不同的工程，仅靠自己的努力远远不够，必须有一个坚强的核心团队。为了组建这个核心团队，2011 年，杨戌雷把刚毕业来厂工作的大学生组织起来，成立了技术攻关小组。

在小组的第一次会议上，杨戌雷向年轻的工友们敞开心扉，语重心长地对大家说：“过去的污泥填埋，实际上是把麻烦留给后人，这在过去是没有办法的办法。现在国家重视和加大污泥治理的力度，我们就是具体落实的主力军。技术攻关小组的目的就是攻克污泥处理的三大工程，我们每个人在这场重大的战役中都要有所作为，这也是对我们极好的锻炼和考验，这对我们的一生都有重大意义。”年轻的工友们的激情被杨戌雷的真诚之心点燃，激情相互激荡、汇聚，由此迸发出了意想不到的创造力。大学毕业生各自术业有专攻，每个人都设定了自己的主攻方向，然后相互交流，再从实践中不断检验和提高，形成了知识的融合与凝聚，这样的形式极大缩短了工程技术的培训周期，极大提升了攻克难关的技术水平。

负责调试的外国专家根本不相信这样一支平均年龄只

有 26 岁的团队能够让他们的“洋设备”转起来，认为杨戌雷等人的专业技术与他们的要求差距很大，这支队伍的组建根本没有必要进行下去，幻想着在“洋设备”进入之后，外国人继续介入设备运行，把中国的事情管到底。当询问外国专家是否有操作规程时，他们总是不正面回答，只是告知一些粗略的皮毛。有一次，杨戌雷带着翻译就具体问题和外国专家认真交流，外国专家不屑地说：“你还是个小孩子。”面对外国专家的傲慢，杨戌雷更是铁了心：一定要通过自己的努力，啃下这块“洋骨头”。

为了在最短时间内全面掌握工程设备系统，杨戌雷白天在现场爬上爬下、钻进钻出，带着大家摸清每一根管道的走向，了解每一个设备的功能；晚上，杨戌雷办公室的灯总亮着，他挑灯夜战，翻阅图纸，学习掌握运行原理。饿了，就匆匆吃几口盒饭，实在睁不开眼了，就在沙发上睡一会儿。渐渐地，数间办公室的灯都亮了，攻关团队的队友们下了班都不回家了，都跟着杨戌雷连轴转，一起攻关技术，分工编写操作规程，实在困了，就和杨戌雷一起打地铺。大家一块儿挤在地铺上，看着各自从家里带来的五颜六色的被子连在一起，不禁哈哈大笑。

干化调试运行期间，需要分别进行 48 小时、72 小时和 168 小时的连续运行调试。不论多长时间，每次调试，杨戍雷都守在现场。连续运行调试的过程中，设备不能停运，因此只要设备连续运行，杨戍雷也变成了必不可少的设备和零件，跟着连续“运转”，十天半月不回家是常态。他和工友们总是把时间更多地用在工作上，团队始终洋溢着一种昂扬振奋的精神力量。2011 年到 2012 年，为了

杨戍雷向年轻的工友们敞开心扉

尽快拿下污泥处理的三大工程，杨戌雷和他的团队不分昼夜，在忘我工作中充分利用时间，在专心工作中寻求并收获强大与快乐，以新时代中国工人的伟大精神与实践，凝练成不朽的哲思。

提起当时攻关的情景，时任厂长王荣生记忆犹新，他说：“当时白龙港污水处理厂不像现在，工作环境很艰苦，

杨戌雷（左三）正在带领团队开展技术攻关

杨戌雷就睡在厂里，24小时坚守，时刻了解设备运行状况和调试进度，及时解决和处理出现的问题，这才把这三大工程‘吃’了下来。”

在那些“洋设备”到了中国，出现很多“水土不服”的情况下，在那些“洋设备”的某些工艺环节设计欠缺，给运行造成障碍的时候，杨戌雷带领他的团队，结合实际运行经验，攻破大大小小的关口，以大胆的开创精神，对设备、工艺上存在的问题实施行之有效的技改创新，解决了一系列“洋设备”和技术的“卡脖子”问题，也从若干环节对“洋设备”的设计和功能进行了优化完善。

在杨戌雷的带领和同事们的共同努力下，团队仅用一年时间就全面接管了污泥处理三大系统并实现稳定运行，有效缓解了上海水环境治理的污泥出路问题，保护了长江口生态环境。

忙碌中的时间过得尤其快，污泥消化、干化调试及接管运行眼看满一年了，回顾这段不凡的历程，杨戌雷和他的团队感慨万千。2013年，外国专家到现场回访，那个曾经称杨戌雷是个小孩子的外国专家半开玩笑地说：“本来想看看系统是否已经停运，没想到运行状况如此良好，连一些设计上不合理之处也被优化了。”他们真诚地为杨戌雷和

外国专家现场回访

他的团队喝彩，被中国工人开拓创新、攻坚克难的精神深深折服；在他们眼中，杨戌雷已不再是稚嫩的毛头小伙，而是值得钦佩的中国工人的杰出代表。

第七章 三支火炬在冬夜点燃

2012年2月1日，刚刚接管了三大工程中的污泥消化系统，杨戍雷和工友们的心里既添了一分收获，也扛起了一份沉甸甸的责任。才接管，问题立即摆在了面前，准确地说，是接管前没解决的老问题。在消化池沼气区的东侧，立着三支高高的火炬。这是上一年安装的污泥消化系统的沼气释放装置，作用是通过燃烧释放多余的沼气，保障整个系统压力的均衡。调试阶段，火炬就出现了不稳定情况，安装的外国专家始终没能彻底解决。这天，杨戍雷和伙伴们刚接管了污泥消化系统，下午4时刚过，三支火炬就接连熄灭，并且再点不着火。杨戌雷站在地面上，抬头仔仔细细看了几分钟那三支烟囱似的火炬，心里憋着气。他很清楚，只要这个问题不及时解决，就存在消化池沼气压力过高的可能，而压力过高，沼气池就会破封，大量沼气外泄就有爆炸的可能，这可是天大的安全风险啊。对于自己接管的污泥消化系统，杨戌雷觉得，这等于开上了一辆有病的车，随时都有翻车的危险。想到这里，他不由分说，赶忙去找安装方的外国专家商量。外国专家却说：“火炬安装一年了，位置又靠近长江，湿度大，因此受到腐蚀，需要更换了。”接着，外国专家又告诉杨戌雷，他们的仓库里有产品，价格是几万欧元。

外国专家的答复貌似合情合理，杨戌雷却觉得很不对劲，他摇了摇头，告别外国专家，走了。

德国著名思想家歌德说：“我们的忠言是：每个人都应该坚持走他为自己开辟的道路，不被权威所吓倒，不受行时的观点所牵制，也不被时尚所迷惑。”杨戌雷就是这样做的，他坚持走自己开辟的道路，不断在探索中理解和认识客观事物。他顺着直梯爬上了其中的一支火炬，站在距地面5米高的维修平台上，开始动手拆卸点火装置，然

杨戌雷（左）和同事登上火炬顶部查看问题

三支火炬点燃

后翻来覆去地检查，却怎么也看不出毛病。就这样上上下下，他把三支火炬的火焰检测装置都拆了，也都细细看了，还是没有找到原因。“师父，您下来歇会儿吧。”跟着他熟悉场地的小徒弟心疼地喊着杨戌雷。

天黑了，杨戌雷从火炬上下来，默默回到办公室。徒弟给他打来了饭菜，他匆匆吃了几口，脑子里装的全是火炬的事，饭菜吃得没滋没味。他把饭盒推到一边，调动所有的脑细胞，仔细想着会是什么原因。突然，他看到饭盒里的饭菜，想到家里做饭用的燃气灶，扭动开关的时候，有时就会发出“啪啪”的响声，就会打不着火，原因是里边有了积炭；还想到有时燃气灶上烧的水开了，扑出来了，火检装置测不到火焰，就会关闭燃气主阀，也会打不着火。想到这里，他脑中倏地灵光一闪。杨戌雷的本职工作是污泥治理，但他也是一位以治水治泥、保护绿水青山为题的大手笔诗人，在创作中捕捉到灵感，点燃了心中的火炬，照亮了一时堵塞的思路。他立即冲出办公室，直奔火炬。

夜幕下，在厂区灯光的照耀下，杨戌雷迅速爬上火炬。他在维修平台上拆开第一支火炬的火焰燃烧器，发现火检装置接缝的细微处，真的有积炭。他使劲拍了一下自己的脑袋：开始怎么没想到呢？他立即拆检装置，一点一点清理积炭，最后用自己的工作服棉袄袖子擦拭了一遍，然后又慢慢装上。接着，像是开启一个重大的仪式，他郑重地开启维修平台一侧的点火器，只见红红的火苗从火炬顶端喷射而出，在冬夜里欢快地跳跃着，闪着温暖的光焰。杨戌雷高兴极了，如果不是高空作业，他一定会跳起来。接着，他兴致勃勃地爬上了第二支火炬。此时已过午夜，上海的冬夜气温接近零摄氏度，一阵冷风吹来，悬在半空的杨戌雷打了一个寒战。虽然穿着棉袄，但是他感到透心的凉，不禁瑟瑟发抖。他使劲往外扩展着身体，尽量缩小身体和衣服的距离，并且把注意力全部引到对火炬的拆装清理维修上。三支火炬就这样被逐一拆装和清理，都点着了，火焰跳跃着，火炬的火光渐渐与东方长江和大海边涌起的红晕连在一起，渐渐融入那轮缓缓升起的太阳之光艳。直至此时，杨戌雷一颗悬着的心才踏踏实实放下。

杨戌雷（右二）在工作间与同事研究消化火炬

早晨，陆续来上班的同事们围在火炬下，一边看着熊熊燃烧的火炬，一边对他们心中最佩服的榜样杨戌雷主任发出由衷的赞叹。

这时的杨戌雷却在考虑另一个问题。他又一次爬上火炬，分别将三支火炬火检装置的探针加长，增加了火焰检测的接触面积，因为这样做能提高设备的稳定性。

第八章 钻风箱寻漏点，油管堵漏

一天，污泥干化车间管道发生状况——导热油盘管突然漏油。厂长正在车间了解情况，车间主任杨戌雷当即向厂长立下军令状，“您放心吧，我们立即排查，一定抓紧，问题不解决，我绝不下岗！”

当时正值汛期，污水加雨水，处理量比平时大很多，如得不到及时解决，就会导致水质排放不达标。如果按照常规维修程序，就要把流化床全部破开，把整组盘管切割下来，全部换掉，这不仅需要花费 500 万元，还最少要一个月的工期。

杨戍雷仔细测过盘管底部，认为漏点应该在中间。他先拿着内窥镜察看，却还是看不到漏点。导热油盘有 70 层管道，每根管道直径只有 25 毫米，杨戍雷先清理了流化床里的污泥，然后通过直径仅 1 米的孔道，钻进仅 1.5 米高的风箱里，他蜷缩着身子，用手电筒一寸一寸照，全神贯

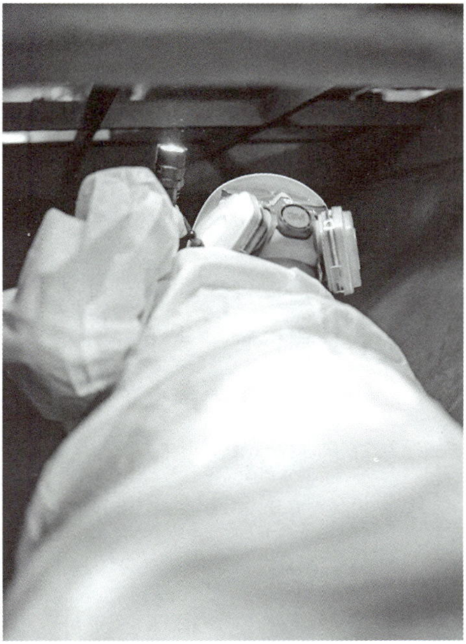

杨戍雷查找泄漏点

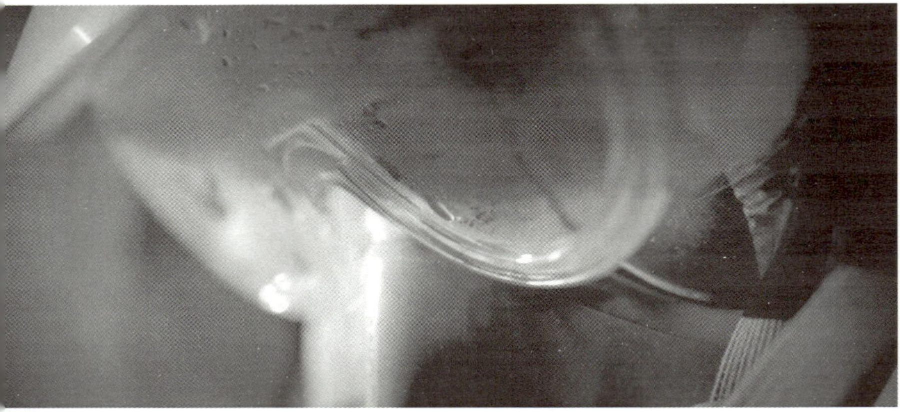

杨戌雷的护目镜上是一层层的雾气

注地一层一层仔细排查，生怕漏掉一丝一毫。手电筒的光柱从他的一只手里射出，在狭小的空间里不断移位，他的另一只手拿着前端包裹着抹布的自制工具，一根一根地擦拭着管子。看到哪根管子挂油了，就仔细勘察是不是它上边的管子漏下来的。上海的夏天室外气温高达 40 摄氏度，杨戌雷穿着防护服钻进闷热狭小的检修空间里，像是在洗桑拿，汗水顺着防护服流入了防护手套、工作鞋，护目镜上也是一层层雾气。

终于，那个潜藏于管道迷宫深处的漏点被杨戌雷精准锁定。杨戍雷不动声色地进行“靶向治疗”，为这组复杂的导热油盘管做了一个“微创手术”。

在纵横交错的管道中锁定一根管道的漏油点，难度可想而知。整整三天三夜，杨戍雷共二十多次钻进钻出检修风箱；流化床内臭味熏天，防护服多次被汗水湿透，每次出来都是一身潮臭。他极为胆大，有做出从管道迷宫中寻觅漏点，进行“微创手术”决断的胆量和气魄；他又极为

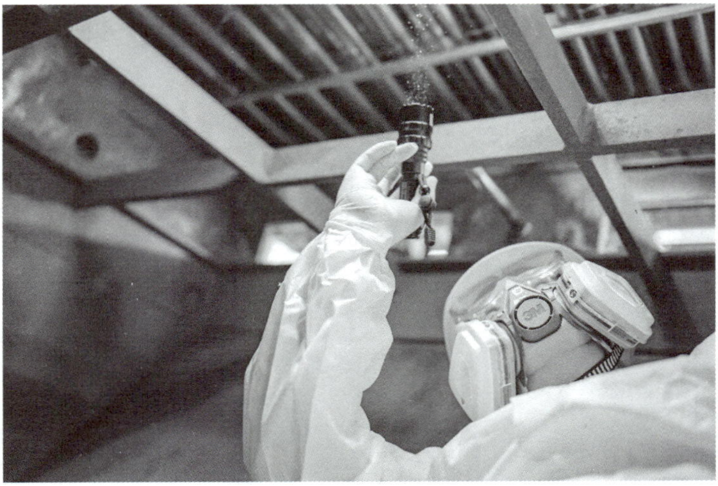

杨戍雷寻找导热油盘管漏点

白龙港污水处理厂污泥厌氧消化设施

谨小慎微，因为他很清楚，一个错误的判断就如同医生把手术做错了地方，会造成更大损失。经过反复确认，他终于从管道丛中果断将漏油段精准切割。“微创手术”成功，既节省了成本和时间，又没耽搁整套系统的正常运行。

事后，杨戌雷说：“三天三夜，也曾有过纠结，但坚韧和淡定伴随着思考与搜索，一种信念越发的坚定与清晰，于是，后边的时间就是解决问题。”杨戌雷所说的信念是什么？他所坚守的信念，不正是在生活中不断产生和释放着创造性的力量吗？劳模创新工作室成员唐付芸说：“当师父从管道里钻出来时，脸上、衣服上都沾满了油污，那时，我心里就一个想法：佩服！”

杨戌雷和他的同事们欣喜并骄傲地注视着厂东侧，注视着蓝天白云之下，八个闪着银色光辉的蛋形污泥消化池。在他们眼中，这天地之间的八只“神蛋”，多么壮美、神奇、气势磅礴！他们暗下决心：一定通过自己的努力，让这八只“神蛋”孕育出守护上海绿水青山的精彩神话。

第九章 创造『管道森林』的神话

2018年，污泥处理二期工程开工建设，其体量比一期翻了一倍，工艺也更加复杂。经历就是经验。从一期走过来的杨戌雷认真思考着：他和同事们该怎样迈进二期工程的大门。

一期属于“交钥匙工程”，接管的时候，工程建设基本完成，特别是那些隐蔽工程早已经封闭，其他工程的原始记录也只剩结果。接过建设方的钥匙，接的是未完成的调试和一套只知其表、不知其里的系统。所以，在一开始，杨戌雷和同事们都感觉两眼一抹黑，感觉大脑一片空白，需要下大力气去填充。接管后出现很多难题，需要用很多心思和精力去攻克。所有这一切，如同弥补先天之不足，极其不易。

有了一期“交钥匙工程”两眼一抹黑的经历和体会，关于二期工程建设，杨戌雷下定决心，并向领导请求：提前介入！

杨戌雷的请求获批后，他先从一期的工友中挑选了8名精兵强将做值班长，又带领这8名值班长，将新招的50多名新职工分成4组，每2人带1组。从二期工程刚打下第一根木桩开始，杨戌雷率领的队伍就雄赳赳地入场了。面对满场的脚手架，他很是欣喜和淡定；面对他的队伍，他更是底气十足，因为他的核心团队经过一期工程的磨砺与锤锻，已经成长为一支成熟的、能够凝聚战斗力的队伍。每天早晨召开会议，他要求各组在保证安全的前提下分头进入不同现场，从现场的每一台设备、每一根管道开始跟踪，特别是那些隐蔽工程，如电缆的铺设走向、管道的来龙去脉，这样就会更快地了解和掌握全面情况，了解整个工程的前世今生，也会更快地熟悉设备系统及其工艺，更加顺利地进行调试和接管工程，更快地启动运转。

杨戌雷带领着大家，充分利用提前介入的条件，把眼睛睁得大大的，将每个隐蔽工程的底数看清、摸清、记清，为今后接管奠定扎实的基础。杨戌雷每周组织召开一次汇报交流会议，要求各组详细汇报提前介入的工作情况，并且相互交流。后来被提拔为副厂长的陆峥嵘回忆当时情况时说：“干一期的时候，杨主任告诉我们，污泥干化技术是国际领先，还要发展，要好好学习，今后用得上。果然，二期就是采用干化焚烧的工艺，对我们来说，一期积累扎实的技术能力，到了二期就派上了大用处，我

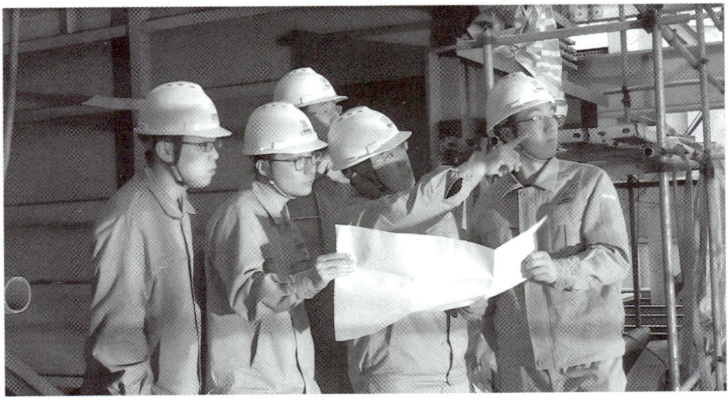

杨戌雷（右二）带领团队进行新建污泥二期项目现场设施勘察工作

杨戌雷（右）与同事在污泥二期施工现场查看新建设施进度

们由此有了调试接管运行的底气。”唐付芸也告诉笔者，当时他作为一期干化的技术骨干，积极报名参加了车间内部竞聘二期值班长岗位，被选上后，每天跟着师父在工地上下跑，由于提前介入，工程建设时期看到了许多后期看不到的东西，对他们而言，工程不再有“隐蔽”一说。许多时候是先看到实物，再看图纸，这样留下的印象不仅深刻，而且让他们在二期工程的调试、接管和运行中更加主动。

杨戌雷的团队和污泥二期建设进程共同前行。到2021年正式接管的时候，再也没有一期时的艰难生涩，如厂东边的长江之水，滚滚滔滔，顺利入海。

走进二期污泥处理车间，仿佛进入了一个管道纵横的世界：五千多条粗细不一、形态各异的管道，以各种形式排列、组合和衔接，盘根错节、穿插交错、层层叠叠，再加上上万个阀门，搭建成一座7层楼高的管道迷宫，又像是一片茂密的“管道森林”，布满了钢铁的树木和枝杈。不管是谁，走进这座管道迷宫和钢铁森林，肯定都会迷失自我。

这是目前国内处理规模最大、技术最先进的污泥处理系统，污泥处理车间主任、高级技师杨戌雷和他的同事们在这管道迷宫和钢铁森林里充当着守护神，其职责不仅是守护，更是要随时发现和处理出现的问题，保障这套设备24小时正常运转，不断创造这座管道迷宫和钢铁森林里的神话。

刚接管的时候，由于没有前人的经验作参考，杨戌雷几个月住在单位，白天花大把的时间顺着管道缝隙中设立的铁梯爬上爬下、钻进钻出，摸管道、研究设备，把每一条管道的来龙去脉和最终用途烂熟于心。他登上几层铁梯，来到焚烧炉旁，从长方形的炉口观察炉内燃烧跳跃的火焰，判断污泥焚烧是否充分，以便及时作出调整。他爬上爬下，钻进钻出，摸来摸去。他还带着同事们一起爬，一起钻，一起摸，一起研究，这已成团队的规定动作。每天晚上，杨戌雷都很晚才睡，他会在睡前翻阅图纸、熟悉设备原理，将白天的记载逐条筛选整理，记在笔记本上，至今累计写了几千页的工作笔记，然后分类梳理，编辑成员工技术手册。据现任车间副主任、杨戌雷的徒弟李星罡回忆：当时的工程资料全部是英文版，60多张焚烧图纸，20多张干化图纸，从管路布置到仪表位置，所有注释都是英文。杨戌雷利用晚上时间把这些图纸的注释都翻译成中文，还到现场逐一核对，并征求大家意见，尽量和通俗

杨戊雷在电脑上翻阅图纸、熟悉设备原理

叫法一致，以方便大家使用。大家使用的所有图纸，都是“杨戊雷版本”。

在同事们眼中，杨戊雷总是保持着旺盛的精力和十足的干劲。他从不知疲倦，从不懈怠，也从不远程指挥工作，而是全身心地投入，亲力亲为，亲自带领大家在现场一起奋战。他常说：“车间主任哪能离开车间呢？这是我的职责和本分。”这话是他的座右铭，也深深感染了他身边的每一个人。

有一次，污泥干化给料分配器的磨损，成了杨戌雷团队的头号难题。这个设备的作用是在流化床内高速旋转，对湿污泥进行切割、破碎和均匀分布，使其与流化床内具有蓄热能力的底料充分接触，从而实现水分的瞬间蒸发。然而，改造前使用的进口给料分配器磨损严重，导致设备频繁出现故障。污泥干化系统共有54台给料分配器，任何一台出现问题，都会导致停机检修，严重影响生产效率。

起初，杨戌雷团队尝试从材质上升级给料分配器，但效果并不理想。杨戌雷没有气馁，他带领团队换了一个思路，决定从结构上进行改进。经过反复试验，他们终于找到了解决方案：将轴保护套改为基座固定式，使其不再随轴转动，从而减少磨损；同时，将气封罩安装在轴前端，并隐藏在刀头内，由此彻底解决了磨损问题。

这个技改项目前后花了两年多时间，其间经历了无数次失败和调整，但杨戌雷始终没有放弃，因为他坚信：“有利的情况和主动的恢复，往往产生于再坚持一下的努力之中。”这句话出自现代京剧《沙家浜》中郭建光的台词，而郭建光引用的正是毛泽东《论持久战》中的名言。杨戌雷的坚持并非盲目，他坚持的每一步都充满了探索和追求的智慧与精神。每一个环节的努力，都是胜利元

杨戌雷（右一）在讲解观火镜使用方法

杨戌雷在示范操作观火镜

「管道森林」

素的累积，都是向成功靠近的一步。最终，技改项目取得了圆满成功，不仅大幅提高了设备的使用寿命，还显著提升了生产效率。杨戌雷的坚持和智慧，赢得了同事们的敬佩。这个故事也成了团队中的一段佳话，激励着每一个人在困难面前不轻言放弃，而要相信坚持的力量。

杨戌雷带领团队，努力做“双碳”行动的践行者，在减污降碳、坚持绿色发展工作中不断取得新成果。

杨戌雷团队爬上爬下摸管道，研究设备

白龙港污水处理厂作为亚洲污水处理量最大的污水处理厂，在国际大型污泥处理系统关键技术研究上具备得天独厚的平台优势和研究基础。2023年，杨戍雷领衔研发大型污泥处理系统关键技术，有效地提高了污泥处理系统生产效率，规避了安全风险，年增加污泥处理量近1200吨干基，创造经济效益约3100万元，为国际大型污水厂污泥系统治理提供了前沿技术支撑，为国家污染物减排和环境保护作出了突出贡献。杨戍雷承担了上海市科委立项的低碳处理前沿技术研究课题，对有机碳捕获、磷回收等技术方面进行集成优化，为未来污水厂低碳工艺实施路径提供了借鉴。“未来污水处理厂”模型于2023年第二届大国工匠创新交流大会上进行展示。

城市污水处理厂用电量始终在上海市生产用电量中排名靠前，杨戍雷团队围绕降碳、减污、扩绿、增长，把坚持绿色发展作为战略路径，坚定不移地走好污水治理减污降碳绿色之路。杨戍雷首创国际性厌氧动态膜成套装备，有效克服原有工艺中难点堵点问题，使污泥中有机物降解率比国标提高56%，沼气中甲烷含量比同行业提高19%，自主发电量较传统工艺提高近6倍。杨戍雷带领核心团队，通过多次尝试比较，在20种膜材料中，找到最符合工艺特

杨戍雷（右二）带领团队改良优化给料分配器

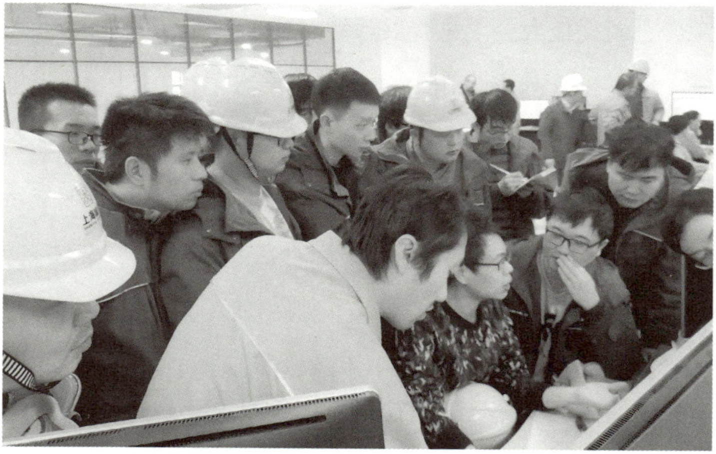

新一代年轻骨干研究探索新工艺

性的膜组件，为行业发展提供了重要的参考指南。该项目荣获 2023 年上海市首届青年工程师创新创业大赛优胜奖，并据此申请了 3 项发明专利。

2020 年，伴随国家温室气体排放研究的深入推进，在公司开展温室气体排放研究的背景下，杨戌雷负责污水厂温室气体排放规律和特征的研究，收集了 36 个点位上千个基础数据，相继开展城镇污水厂温室气体排放核算标准、核算指南、评估体系的研究，参编《温室气体核算制度》，为确定本地化温室气体排放因子值奠定基础，填补了国内污水处理领域碳监测评估的空白。杨戌雷团队还联合多所大学、上海委办局开展城镇污水处理厂温室气体排放核算标准、核算指南、评估体系等标准制定和课题研究。

每天面对污泥浊水，心中却装着绿水青山，杨戌雷坚守“管道森林”二十几年，如今上海已经实现了污泥零填埋，污泥灰渣资源利用率达到百分之百。杨戌雷和同事们默默守护着长江入海口的生态环境，守护着上海这座城市人与自然和谐共生的美好家园。

榜样的力量是无穷的，在杨戌雷劳模工匠精神鼓舞下，优秀人才如长江波涛，一浪紧接一浪，奔腾向前。如今，白龙港污水处理厂三期工程已动工，设备设施体量将进一步扩大，技术水平也将进一步提高。面对可能的挑战，杨戌雷充满自信地说：“有党和政府的重视和支持，有越来越多的优秀人才，我们一定能让上海的水更清、环境更美。”

第十章 实践与创新的楷模

德国著名思想家歌德说："一个人怎样才能认识自己呢？绝不是通过思考，而是通过实践。尽力去履行你的职责，那你就会立刻知道你的价值。"杨戌雷就是这样一位时时处处通过实践尽力履行职责，不断获得价值的楷模。

人民群众是认识世界和改造世界的主体，也是社会实践的主体，是推动社会进步和人类文明的主要力量。不论是高精尖的科技领域，还是人民群众的工农业生产，都是具有同样重要意义的实践活动。党和国家始终重视和尊重人民群众的实践，尊重和重视人民群众的首创精神。作为出席党的二十大代表的杨戌雷，在人民大会堂现场聆听到习近平总书记在党的二十大报告中讲到“江山就是人民，人民就是江山。中国共产党领导人民打江山、守江山，守的是人民的心”时，他激动万分，认为总书记把人民比作江山，就是坚持人民是历史的创造者。杨戌雷及其团队的实践与创新所代表的，正是新时代人民群众的实践与创新，在保护生态环境、保护人民生存环境、推动社会进步和人类文明发展等方面起到了重要作用。

在《实践论》中，毛主席引用了列宁的话：“实践高于理论的认识，因为它不但有普遍性的品格，而且还有直接现实性的品格。”杨戌雷及其团队，正是在这种具有“直接现实性”品格的实践中不断解决现实中的问题。杨戌雷有一句很实在的话：“我们的改革创新不是为了追求高大上，而是为了解决生产中遇到的实际问题。”降本增效，减轻劳动强度，消除生产中别扭的地方，将生产环节中的不舒服、不顺利变成舒服和顺利。杨戌雷又一个朴素而透彻的说法是“用聪明的方法学会偷懒”。人类从发现火，到学会使用工具，文明的每一步进程，都是为了不断解放自己，说到底，都是“用聪明的方法学会偷懒”。

杨戌雷带领团队，在长期的生产实践中以坚韧不拔的精神和科学务实的态度，坚持不断实践、大胆创新，在创新里不断收获累累硕果。

在国内的污水处理设备主要依赖进口，技术被国外垄断的情况下，在价格昂贵，维修成本高、周期长等难题面前，杨戌雷作为污水处理一线的产业工人和基层领导，坚

杨戌雷（右一）在对氮气装置操作人员进行培训

持面向世界科技前沿、面向经济主战场、面向国家重大需求、面向人民生命健康、面向加快实现绿色发展道路和高水平科技，坚持自立自强、善于思考、大胆实践、勇于创新，通过探索国内首创的“全封闭式+顶部引流”的污泥技术新路径，改造了原有敞开式炉渣收集装置，彻底避免了泄渣过程中粉尘外溢，以10万元的成本替代了国外近

杨戌雷（左一）在讲解氮气装置与氧分析仪联动系统

800 万元的改造方案。由此在全国范围内形成可复制、可推广的进口设备国产化的经典范式；在上海中心城区污水处理厂普及率达到 100%。该项成果已获国家实用新型专利授权。

杨戌雷带领团队开展“原创性”“引领性”科技攻关，鼓励团队成员积极探索，实施了一批具有战略性、全局性、前瞻性的科技攻关项目，攻克了一批依赖国外进口设施设备“卡脖子”问题，在建设世界一流企业中起到示范引领作用。他针对进口薄层干化设备价格昂贵、技术垄断的问题，牵头完成国产化主机研发、系统设计与生产验证，形成国内首套市政污泥薄层干化设备——在城市污水厂实际运行过程中，整体性能与国际品牌相近，而价格较国外进口低三成。杨戌雷团队研制的薄层干化设备实现国产零的突破，有望填补国内市场空白。

杨戌雷所在的白龙港污水处理厂历经多次升级改造和提标扩建，边建设边运行成为常态，设备调试经验都能成为行业的重要参考指南。杨戌雷在实践中不断创新，致力于用最小的成本创造最高的效益。他带领团队攻克一个个技术难关，达到了提高污水处理生产效率、降低运行成本的目标。

在深度脱水方面，杨戌雷在综合调理池加装导流板，增加药剂和污泥的有效融合，防止药剂短流；对不同的板框机加装进泥流量计、压力传感器、时间控制器，有效防止板框机因进泥过多或者过少，避免在压榨过程中滤板滤布发生损坏；对调理池的前端与过程进行控制，调整污泥调理药剂投加比例。这些举措实施后，深度脱水的药剂投加量得到了有效控制，生产运行更加安全稳定可靠。

在污泥消化系统中，沼气冷凝水的排放一直是个棘手的问题。最初，工友们使用的是类似自行车打气筒样的手动抽吸泵，每 4 个小时就要对三个点位进行抽水，每次耗时一个半小时。操作时，工人需要弯腰用力，一下一下地将冷凝水抽吸出来。无论是刮风下雨还是严寒酷暑，这项工作都必须按时完成，工人们的腰常常为此累得直不起来。杨戌雷决心改变这种状况，于是发动大家集思广益，想办法降低劳动强度。很快，一位职工从家里带来了农村常用的手压式抽水器，试用后发现效果比手动抽吸泵好一些，但问题并未彻底解决——腰是不酸了，手却开始酸了，而且抽水时间依然很长。于是，他和团队换了一个思路，提出了一个创新的解决方案：采用了一种带有安全保护装置的自动气动隔膜泵，通过在防爆区域外接入一根压缩空

原有手动抽吸泵费时费力

气管路作为动力源，采用“气动控制单元+气动隔膜泵”的方式，实现一键式自动抽水。经过这一技改，原本需要一个半小时的手动操作，现在只需5分钟到10分钟即可完成，既达到了沼气冷凝水排放的需求，又确保了操作时的安全可靠，同时又大幅降低了职工的劳动强度。工友们高兴又诙谐地说：“走过路过，别忘按一下开关即可。”

以上一系列的技改措施，形成了多项创新成果，取得了良好成效，为行业发展提供了重要的参考指南，也打破

自动气动隔膜泵应用于沼气冷凝水抽吸装置，降低职工劳动强度

了污泥处理的技术壁垒。

2011 年，在污泥干化调试运行期间，身为污泥处理车间主任的杨戌雷，在对工艺设备运行调试的同时，也对干化的安全运行提出了相关建议。污泥干化系统在启动时，要通过制氮钢瓶输出氮气来控制干化系统的氧气含量，一方面，制氮钢瓶内的氮气量往往只能够做到应急使用，无法满足干化系统长期稳定的氮气补充工作；另一方面，在给料分配器等设备气封部分，采用空气进行气封，这样

会增加流化系统内部氧气的含量，对于干化系统的整体运行造成很大的安全隐患。杨戌雷敏锐地发现了这个安全隐患，他带领团队寻求解决与优化方案，最终通过加装系统智能氮气补充装置，根据系统载气含氧量跟踪补充氮气，有效保证了干燥机的安全稳定运行，减少了紧急停机的次数。同时，在改造过程中，将多余的氮气配送给设备进行气封，大大提高了系统运行的安全与稳定，经统计，干化系统处理能力与稳定运行时长提升约 30%。

杨戌雷还针对粉尘泄漏、沼气爆炸、硫化氢中毒等重大危险源，与行业标准相结合，编写与制定出了属于自有设备的安全操作规程。比如硫化氢中毒，行业规定的最高容许浓度为 10ppm，当浓度达到 1000ppm 可造成人在数秒内“电击样”猝死。而当时调试时，污泥消化池内的硫化氢浓度高达 20000ppm，对此形象化的比喻是，吸一口人就可以死 20 次。后经工艺运行调整后，虽已降至 5000ppm 左右，但如不做好相应安全防护措施及安全管控，也极易发生安全事故。从安全第一的角度出发，在充分采取安全措施的情况下，还要进行第一次排浮渣、第一次清流化床……这些“具有重要典范意义的第一次”都是由杨戌雷严格按照操作规程示范操作完成，污泥处理车间的职工们因此懂得了严格按照操作规程操作的重要性。在杨戌雷的带动下，污泥处理车间每位职工都把“安全”两个字印入脑海、刻在心上。

据唐付芸回忆，为解决消化池搅拌机振动问题，师父杨戌雷和团队伙伴根据搅拌机的特性来调整，无数次地爬上消化池顶，观察池内液位和搅拌机的运行状态，把问题彻底解决了。

2012 年，杨戌雷团队接管了污泥消化系统。该系统在运行过程中极易生成磷酸铵镁结晶，俗称“鸟粪石”，这种结晶物会逐渐沉积并堵塞管路，严重影响系统的正常运行。杨戌雷通过对“鸟粪石”形成机理的深入研究，发现“鸟粪石”在结晶初期结构较为松散，尚未形成致密的硬质结块。基于这一特性，他提出了一种创新的解决方案：定期人为逼高排泥井液位，使系统内形成较高的液压压力，再集中进行排泥操作；利用大流量重力冲刷的作用，将处于松散状态的“鸟粪石”结晶体随泥水一同排出，从而有效防止其在管路中沉积和硬化。这一方案不仅避免了传统化学清洗或机械疏通带来的高成本和设备损伤风险，还显著提高了系统的运行效率。通过精准控制排泥周期和液位高度，明显缓解了“鸟粪石”堵塞问题，为污

冷凝水自动收取装置

“鸟粪石”堵塞情形

泥消化系统的稳定运行提供了可靠保障。这一创新实践不仅体现了杨戌雷对工艺原理的深刻理解，也展现了他在工程实践中化繁为简的智慧。杨戌雷说，解决问题是关键，是根本，比获得荣誉更有意义。

在保障污水厂安全稳定运行的多场急难“战役”中，杨戌雷牢固树立“居安思危”的工作理念。近年来，他聚焦打造大型污泥处理系统全流程高效连续运行模式，深入研究进一步提高污泥处理设施设备的运行能力。

污泥板框压滤深度脱水车间是杨戌雷团队 2012 年接管运行的污泥处理工程，主体工艺包括加药调理、板框压滤和卸泥三道工序。虽然当时的工程处理能力可以完全担负起厂里的排泥量，但杨戌雷深知，随着经济高质量发展，污水的排放量每年持续上升，现在处理能力已捉襟见肘，更不用说可能遇到的偶发故障。

为了避免可能产生的运行风险，杨戌雷组建了团队，重新将厚厚的图纸翻出来，摸索深度脱水的各个工艺段，深入研究影响处理能力的瓶颈问题。经过长期实践，他敏锐地察觉到，26 台板框压滤机的日处理能力大约为 420 吨干基，而现有的序批式调理模式日处理能力仅为 288 吨干基，很多时候都是板框压滤机在等泥完成调理，这大大影响了板框压滤机的处理量。杨戍雷决心要改变这种局面，在多次大胆假设、小心求证后，他想到了改变调理模式的办法，将传统的序批式调理改为动态混合连续调理技术。

说干就干，杨戍雷利用原有的双池，改造为连续式调理：污泥先在一个池内与三氯化铁反应，再在另一个池内与石灰反应，让污泥在不断地反应的同时，实现连续进泥。第一次实验，污泥在翻越到第二池时，发生了短流的现象，杨戍雷马上加装了导流板，让污泥在沉积到一定位置后再从设计的轨迹流动至第二池。第二次实验，短流现象不见了，又产生了新的问题——第一池的三氯化铁药剂因为流量小，进入调理池后浮在表层，无法与深层的污泥完全发生反应，池面与池底的 pH 值有较大的差异。看到这种情况，团队成员都有些泄气，劝说杨戍雷换个研究方向，觉得这种连续调理的模式也许不适用于深度脱水工艺。杨戍雷却没有放弃，他对调理池的工艺及设备管线看了一遍又一遍。突然，他大脑中一道灵感之光闪现，他想到了管中管的改造方案。那就是利用大流量污泥，带动三氯化铁药剂一举投入池底，再利用搅拌机将药剂均匀分布与污泥产生反应，最终保障了池内 pH 值的稳定。

杨戍雷还带领团队解决了第二池石灰制乳不均匀的

难题，提高了调理效率，调理池的日处理能力增加到约384吨干基；研发了泥饼自动铲卸技术及装置，将深度脱水车间最后一步影响处理量的痛点完全解决了，从而彻底实现了大型污泥板框压滤系统全流程高效连续运行技术，使实际处理能力超越了工程设计规模，有力保障了城市生活污水污泥处理处置的可靠性和稳定性。

杨戌雷（右一）带领团队加装系统智能氮气补充装置

焚烧炉炉渣排放区无尘化设计

运行中的问题不论大小，只要不顺畅，只要影响工作效率，杨戌雷都同样重视，同样想办法摆平。由于污泥焚烧炉炉渣回收装置顶部为半敞开式，排渣过程中产生扬尘，污染车间工作环境，杨戌雷本着从源头控制危险源和污染源、安全生产预防为主的重要理念，力求零泄漏，实现全收集。为此，他着手对炉底排渣的收纳容器进行“小改小革”，将开放式容器作技术改造，利用系统原设备增

焚烧炉炉渣排放区无尘化设计成果

加负压风管。他在回收装置顶部安装除尘管道的同时，接入焚烧炉现有烟气处置系统，利用现有烟气处置系统，全流程处理炉渣排放过程中产生的粉尘，防止粉尘扩散到空气中造成二次污染，这样就做到了炉底排渣无外溢，由此高效解决了实际问题。

综观杨戍雷及其团队的创新内容和赫赫战果，从一期工程他提出的100多条到后来总计500多条并都被采纳的合理化建议，到已经授权的32项国家发明专利，其中，发明类型9项，实用新型23项；已经发布的标准5项，其

一种污泥干化系统上的氮气补充装置

中企业标准 3 项，团体标准 2 项；主持和参与的科研项目 15 项，其中，“离心机运行效能提升技术”“城镇污水处理厂污泥焚烧产物资源化利用途径研究”“干化自控黑匣子破解”3 项是杨戌雷亲自主持的科研项目。此外，还有 20 余项市级创新成果以及许许多多没有上账但也解决了很多实际问题的小改小革。

在杨戌雷获得的各种荣誉称号和奖项中，既有党的二十大代表、全国劳动模范、2023 年“大国工匠年度人物”、全国住房城乡建设系统劳动模范等国家级荣誉称号和奖项，也有省部级的 24 项、区局级的 25 项、行业级的 6 项，其中包括：“上海青年岗位能手”，历年多届的“优秀发明奖”“上海工匠”“城投工匠”“水务工匠”“优秀创新成果奖”“技术能手奖”“长征突击手”“技术比武能手”“青年科技英才”“治水管理先锋党员示范岗”“十佳金点子”“全国城镇排水行业技能竞赛（上海赛区）污泥处理水务集团党员先锋”“2024 长三角区域水安全保障‘五小’创新劳动竞赛第一名”……

杨戌雷及其团队的每一个创新主题都是从实践的现实中出发，每一件创新成果都解决了现实中的问题，他们的实践与创新充满了“直接现实性”的品格。只有通过这样的实践，才能不断深化和修正对客观世界的认识，才能不断发现和接近真理。他们的创新最显著、最根本的特点就是其主题从实践中来，是为了解决实践中的问题，认识在实践中得到提高，并在实践中得到检验，最终也是为了更好地实践，从始至终，一点儿也没脱离实践。

从泵站，到动力车间，再到污泥治理的一期、二期工程；从延伸关注，到提前介入；从一遍遍摸熟五千根管道和上万个阀门，到一次次钻进设备的缝隙，及时发现和解决出现的问题……杨戌雷带领团队，全身心地投入，全身心地融入，一次次成功解决了现实中的问题，创造了一个个实践与创新的神奇佳话。

第十一章 走上大国工匠发布盛典的颁奖台

正因为杨戌雷及其团队的创新是建立在扎扎实实的实践基础之上的，所以其创新成果真实可信，不虚、不软、不假、不空，是辛勤的滚热的汗水一点一滴浇灌，是智慧的灵光之火一分一厘燃烧锻造，每一项都是颗粒饱满的庄稼，都是培育梦想的土地长出来的一树繁花，每一朵都尽显美艳，并且散发醉人的芳香。杨戌雷及其团队从领奖台上捧回的每一座奖杯、每一枚奖章，由于被那些创新创造所产生的不菲效益和能量支撑着，都具有沉甸甸的重量，都闪烁着耀眼的光芒。

经过层层推荐选拔，杨戌雷荣获 2023 年“大国工匠年度人物”。2024 年 1 月 13 日，他到成都参加全国总工会和中央广播电视总台联合举办的 2023 年“大国工匠年度人物”发布盛典录制活动。在主持人采访大国工匠视频拍摄的时候，导演对杨戌雷说：“大国工匠不能只有大国重器，生态文明也很重要。中国的发展离不开生态文明，你们的行业做出了很多努力，需要在这个平台上做一个很好的展示。”导演的话给了杨戌雷极大的鼓舞，央视主持人采访他的时候，杨戌雷手捧用污泥处理后的灰渣做成的绿水青山工艺品走上台。关于绿水青山的工艺品，其背后还有一段变废为宝的经历。

2021 年，杨戌雷团队接管了污泥二期干化焚烧车间，采用脱水、干化、焚烧作为主体工艺流程，实现对污泥的减量化、无害化、稳定化，以及资源化的完全处理。焚烧产生的残渣，可以用作建筑材料的粉煤灰。杨戌雷想，是否存在更好的资源化利用方案，能够将剩余的一部分残渣也利用上，让污泥处理彻底资源化。为此，杨戌雷带领团队将此内容列为研究项目，对焚烧灰渣进行分析研究。经过一系列实验发现，焚烧灰渣中存在大量的二氧化硅，而

大国工匠大合影，前排左二为杨戌雷

匠

杨戍雷在颁奖台举起“大国工匠年度人物”奖杯

这正是制作玻璃的主要原材料。于是，他产生了将污泥焚烧后产生的灰渣制成玻璃的想法。杨戊雷敢想敢干，立即找合作方洽谈方案，并进行了模拟实验，通过初步验证后，他进行了大量的理论验证，让变废为宝成为现实。如今，经过成熟实验，人们利用这些焚烧灰渣已成功制出了各种颜色的玻璃砖，几乎达到工艺品的水准，为废弃物的资源化利用开拓了全新的途径。

杨戊雷捧着绿水青山工艺品走上台后，自信潇洒地讲了自己的工作体会，并精彩地回答了主持人的提问，充分显示了大国工匠特有的范儿。礼遇工匠、致敬匠心，在"大国工匠年度人物"发布盛典，他踩着那条鲜红的地毯走上领奖台，捧回了那只金光闪闪的奖杯。关于当时的动人情景，媒体报道中有这样一段记述："10时40分，当最后一位工匠——来自上海城投污水处理有限公司白龙港污水处理厂污泥处理车间主任杨戊雷，来到印有'大国工匠匠心闪耀'的展板面前，将手中写有自己名字的拼图贴上展板，2023年'大国工匠年度人物'奖杯图形完整呈现。这是一座凝聚着工匠辛勤付出、精湛技艺和执着精神的奖杯，是对工匠们杰出贡献的肯定和嘉奖。"发布盛典给杨戊雷安排的这一"压轴"重头戏，难道不是对这位"降污

杨戌雷的『大国工匠年度人物』封面照

大师样板雷”的特殊奖赏吗？

苏联无产阶级作家、社会主义现实主义文学的奠基人高尔基有这样一段话：“精神强大和勇敢刚毅的人——为真理、正义、与美服务的人万岁！我们往往不了解他们，因为他们是自豪的，不要求报偿的；我们往往看不见，他们是在如何心甘情愿地呕心沥血。他们用灿烂的光辉照耀着生活，甚至使盲人也见到了光明。”杨戎雷等劳模工匠

杨戎雷（右）正在介绍灰渣资源化利用

就是这样一群精神强大和勇敢刚毅的人，他们不计个人得失，心甘情愿地为国家和人民的事业呕心沥血，用灿烂的光辉照耀生活。

第十二章 用真诚之心凝聚团队

人是生产力中最具决定性的因素。当今世界，人才资源成为最重要的战略资源，高技能人才是推动高质量发展的坚实支撑。党的十八大以来，以习近平同志为核心的党中央把人才工作摆在治国理政的重要位置，推动新时代人才工作取得历史性成就，各行各业技能人才队伍建设进入人才培养的快车道。党的二十大报告进一步从战略全局的高度对加快建设人才强国提出了新的要求，作出了新的部署。

上海白龙港污水处理厂厂区东部，一座两层小楼，在蓝天白云的映衬下更显得美丽和别致。小楼门口上方镶嵌着六个鲜红的大字：杨戌雷工作室。楼门左侧的牌匾分别是：党代表工作室、上海市劳模创新工作室、戌雷学院“杨戌雷双带头工作室”，它们的主角都是杨戌雷。这座两层小楼里有办公室，有供工作室成员学习、研讨、交流的大小会议室，还有工作室的工作成果展厅，展厅展示着工作室各个阶段创新成果的图片和实物。

白龙港污水处理厂工会主席孙伟详细介绍了杨戌雷工作室成立的经过。上海城投集团和白龙港污水处理厂领导发现并启用了杨戌雷这个从基层产业工人中脱颖而出的优秀人才。从泵站学徒工到泵站领导，从动力车间主任到担当污泥处理的领跑者，特别是 2011 年担任污泥处理车间主任，面临接管污泥一期三大工程，急需一支技术骨干团队的时候，杨戌雷的技术攻关小组应运而生，这也成为劳模创新工作室的前身和雏形。当时，城投集团党委领导对杨戌雷及其团队成员说：“一个人只能完成一个人的工作，但如果有一个可靠的团队，就可以通力协作，携手克服困难，创造更大成效。”集团和公司工会积极组织劳动技能竞赛、科技攻关等工作，努力为他们创造更好的条件，提供更多的展示平台。

在实战中锻炼，在风雨中成长。2014 年，杨戌雷被授予和评为上海市五一劳动奖章和上海市技术能手。2017 年，杨戌雷荣获全国住房城乡建设系统劳动模范、上海市青年岗位能手，他领衔的骨干团队随着污泥处理事业的发展逐渐成熟，成立了“杨戌雷污泥处理技术劳模创新工作室”，工作室成员成为企业解决技术难题、实现节能减排目标和

杨戌雷（左二）在车间现场指导职工岗位操作和理论知识学习

创新发展的核心力量。2020 年，杨戌雷又被评为全国劳动模范。2022 年，他当选为党的二十大代表。2023 年当选“大国工匠年度人物”，越发成为工作室凝聚团队力量的中心和灵魂。

“多士成大业，群贤济弘绩。”杨戌雷始终以一颗真诚之心和人格魅力凝聚团队，以一颗真诚之心识才、爱才、聚才和用才，和团队成员心心相印。王平是上海金山廊下人，从上海应用技术学院热能与动力工程专业毕业后，到

杨戌雷（左）与同事在污泥焚烧炉内进行查看

了白龙港污水处理厂工作，担任一期污泥干化的翻班操作工，在本职岗位上勤勉工作，和杨戌雷一道经历过艰难的一期历程磨炼后担任干化班的班长。王平家住郊区，距厂上百公里，上下班需乘车两个半小时。2013年的一天清晨，刚来上班的王平急匆匆地到杨戌雷办公室，提出辞职，理由是上下班路途远，工资低，想和朋友一起去做买卖。闻听此言，杨戌雷心里很不是滋味儿。他回顾了和王平一起工作的经历，认为王平是一个认真负责并勤奋好学的好员工。杨戌雷动情对王平说："我知道你家住得远，上下班跑路不容易，也知道咱厂现在工资不高，但你要看到，国家越来越重视污水污泥治理，咱都是开疆拓土的先锋，后边还有许多新工程等着咱们去干，咱们的事业有很好的发展前景，咱千万不能丢掉这个大好机遇，再说，我也舍不得让你走。"说着说着，杨戌雷忍不住哭了。王平深知，工作中遇到那么多困难，杨戌雷从没掉过一滴眼泪，面对工友兄弟的辞职请求，他却伤心地哭了。这时，王平也哭了，他赶紧对杨戌雷说："我回去和家里商量商量再说吧。"第二天，王平找到杨戌雷，语气坚定地说："我想清楚了，决定不走了，继续跟着你干！"说完，两双大手紧紧握在一起。

污泥二期开工时，杨戌雷果断抽调王平作为骨干，参与调试与接管，工程接管后担任值班长。王平兢兢业业坚守一线多年，现任车间设备管理员。

“90后”的唐豪洲，大学毕业后就进入白龙港污水处理厂。工作之初，他成了杨戌雷的徒弟。他常说：“师父是一个自带光环的人，只要有他在，就没有解决不了的难题！”唐豪洲总是以崇拜的眼光看着师父，他说：“师父能干，也会干，在创新方面他不但要解决眼前的问题，而且

杨戌雷（左二）与团队成员研究数据参数

思路很开阔，眼界总比我们高。他身上不仅有共产党员拼搏奋进、实干担当的精神，还有勇于创新、大胆开拓的胆略和思路。”平时，只要师父杨戌雷加班，唐豪洲都会陪在一起配合工作，不错过向师父学习的机会，在跟学中不断提升自己的综合素养和业务能力。在师父的带动下，唐豪洲郑重地向党组织递交了入党申请书，表达自己想要成为一名共产党员的强烈愿望。在杨戌雷的悉心带教下，唐豪洲成长为一名“城投青年工匠”，并担任污泥处理车间副主任。

杨戌雷在培养人才工作中有胸怀、有格局，虚怀若谷。他说：“每当看到团队成员的成长，比自己的成长更有成就感。”杨戌雷刚到污泥处理车间的时候，发现大专学历的一线翻班工人陆峥嵘努力钻研业务，具有突出的工作能力，于是，他积极向领导反映，为其安排了更适合的岗位，并吸收为团队技术骨干，见证了陆峥嵘一步步向前迈进的成长经历。现任白龙港污水处理厂副厂长的陆峥嵘对笔者深情地说：“十二年的青春岁月，一路有泥，一路有他。我是杨戌雷的‘大徒弟’，他是我的引路人和榜样。杨戌雷是劳动模范，更是一名优秀的党员，是我们的旗帜。这些年与他共事，我从一名普通职工成长为一名副

党代表工作室展示区

杨戌雷工作室会议室

杨戌雷工作室内部

杨戌雷工作室的“荣誉墙”

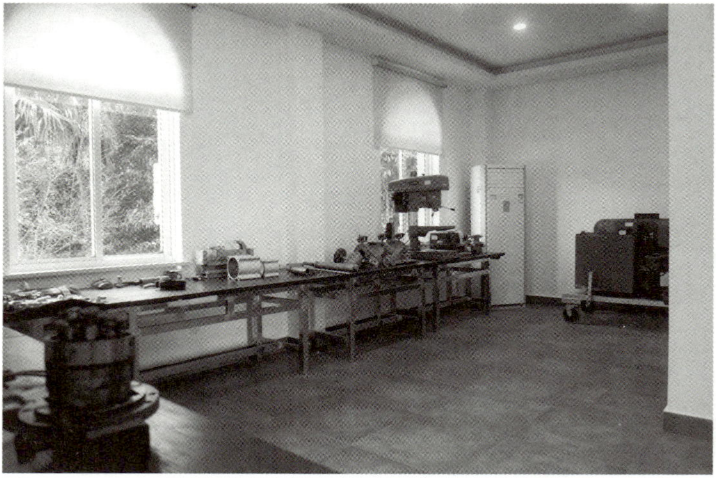

杨戌雷工作室实操区

杨戌雷工作室正门

厂长，从一名普通群众成长为一名党员，从一名普通操作工成为一名集团的工匠，都是在他的引领和影响之下，师父激励着我不断向新的目标前进，是我征程中的启明灯。师父常说‘走技术路线，既是光荣的，也是艰苦的’，要付出比常人更多的努力。他以劳模创新工作室为阵地，以理论知识讲授、实际操作指导、参与项目研究的‘三位一体’带教法努力培养行业技术人才，在岗位上发光发热，努力践行绿水青山、人民城市的重要理念。当我看到师父站在‘大国工匠年度人物’的领奖台上举起奖杯的时候，我深知师父举起来的不仅是奖杯，更是我们拼搏在污水污泥处理一线的生态环境守护者们的坚定理想和执着信念！现在我也成了厂里‘00后’口中的师父，像极了当初师父的模样，我要把师父对我的教导传承下去，培育出更多生态环境的守护者，为生态文明全力以赴，为人民福祉勇往直前。”

杨戌雷工作室至今已经换了三批人，工作室成员陆续走上不同级别的领导岗位，有的担任了集团部门副经理，有的当了公司部门副经理，还有的成为其他厂科室的骨干力量。可以说，杨戌雷工作室成了人才培养的孵化器。

第十二章 以『帮带教』传承匠心

人与自然和谐共生，保护人类生存环境，保护蓝天白云和绿水青山，成为当今国家与人民的迫切愿望和生态文明建设的重要任务。随着生活水平不断提高，生活污水污泥处理量不断增加。

和用水排水不断增长的需求相比，污水污泥处理行业中熟练掌握工艺和技术的职工却青黄不接，无法满足人民生活的需求和生态文明建设的需要。因此，培养知识型、技能型和创新型的高素质职工，已成为污水污泥治理企业人才队伍建设的当务之急。

白龙港污水处理厂承担着上海三分之一的污水处理任务，可谓任重道远。杨戍雷领衔团队，在培养行业紧缺人才工作上积极努力，用心、用情、用功，作出了突出贡献。杨戍雷认为，只有将岗位技术和创新精神传承下去，培养出更多的岗位技术和创新人才，才能把污水污泥治理的事业传承下去，才能把上海生态环境保护的大业传承下去，才能造福子孙后代。

杨戍雷以劳模创新工作室为阵地，充分发挥工作室在培养人才方面的作用与能量。他带头探索出理论知识讲授、实际操作指导和参与项目研究的“三位一体”带教法，并与带教的徒弟签订带教协议，规定带教的时间期限、带教内容和达到的目标与成效，并完善了“在培训中学、在创新中学、在实践中学、在交流中学”的“四学”模式。他指导职工岗位操作和理论知识，搭建多渠道、多角度的技术创新平台。比如，他带领团队在工作中学习实践，把理论和工作创新相结合，针对国外设备设计上的缺陷如运行成本高、劳动强度大等问题进行技改，成功地将污泥处理量从日处理 260 吨干基提升至 330 吨干基，提升率高达 25%。

杨戌雷工作室部分成员合影，左五为杨戌雷

雷工作室

李星罡说：“每次厂里引进了新技术，师父都特别兴奋，眼睛里放着光。他采用新技术，并不断创新，还为新技术编写教材。”李星罡刚入职白龙港污水处理厂时是一名操作工，他所使用的职业培训教材就是师父杨戌雷编写的。在师父的指导与鼓励下，他成长为污泥处理车间的一名工艺管理员，又担任了车间副主任。李星罡说：“师父经常教导我们，作为一名新时代的产业工人，不仅要能够干活、愿意干活，更重要的是擅于干活，在实践中掌握新

杨戌雷（右一）给新入职职工进行现场带教

技术，懂得如何干好活，并且要在污泥处理的道路上保持初心、再接再厉。有这样一位优秀的师父做榜样，我会坚定地追随他的步伐，努力成为一名出色的污泥处理人。”

以工作室为阵地，杨戌雷毫无保留地向徒弟们和青年职工传授先进工艺和技术，培养出 2 名高级技师、21 名技师、98 名高级工、128 名中级工等一大批行业紧缺技术骨干，其中多人荣获“城投工匠”“上海工匠”“上海市青年岗位能手”等荣誉。由杨戌雷带领的团队技术骨干为市场化项目提供了多项技术支持，他们走出城投系统，走出上海，帮助安哥拉、卢旺达等国和郑州马头岗、合肥经开区、福建漳州等地的项目顺利完成调试。

杨戌雷以“帮带教”方式，耐心而细致地进行专业指导，营造了锐意进取、求实创新的团队氛围，发挥人才“造血”功能，提高了整个工作室的凝聚力、战斗力和创新力，培养了一批青年技术骨干、一批高技能复合型人才，提升了白龙港污水厂污泥消化、干化、深度脱水系统的运行能效，为行业发展起到了示范作用。杨戌雷传承工匠责任、践行工匠使命，激励着整个白龙港污水处理厂青年团队为企业发展贡献智慧和力量。

随着白龙港污水处理厂污泥处理规模不断增大，污泥处理车间也随之扩充，每年都要招收新职工。杨戌雷意识到，要做好年轻职工的培养工作，污泥处理工种必须有一套完整系统的学习教材。为此，杨戌雷将从工作实践中总结提炼编写行业技术标准教材作为工作室的一项重要内容，并使之变成工作室成员良好的习惯和素质。唐付芸说：“从污泥一期工程开始，面对大量难题，师父下了死命令，每个人都要研究陌生的工艺。不懂的时候，就觉得外国的设备和技术很高大上，研究进去了，就发现不少欠

杨戌雷带领团队参与编写的《污泥处理工》系列教材

缺，于是就想办法修正和弥补，就千方百计创新，及时总结和记述，就有了我们的行业工作标准。这些标准对于污泥处理工作具有重要的指导意义，是很有实用价值的工作指南。”

2013年，正值国家排水行业要编写《污泥处理工》系列教材，杨戌雷凭借在污泥处理领域深厚的理论基础和丰富的实践经验，为诸多关键的污泥处理理论提供了借鉴和依据。他带领团队参与编写的《污泥处理工》系列教材，填补了国内污泥工种教材的空白，为污泥工种提供了全面、科学、实用的参考和指导，对提高职工的职业技能和综合素质具有重要作用，为推动污泥处理技术发展和进步奠定了良好的基础。

污泥处理车间执行主任周剑峰说：“在杨戌雷主任的带动下，我们形成了一个习惯——每一项工作实践，都要用文字表述出来，经过确认和检验，最后成为工作手册的内容。消化、干化、深度脱水、污泥二期，所有这些工作手册都是我们团队编写出来的。我们的目标是，不仅要做好，还要写好。有时候杨主任先定总纲，再分配我们根据专业编写有关部分，然后交流沟通，并且到现场核对验证，把最核心、最精确的东西写出来，由此成为行业内标准和企业内部的培训教材。”

杨戌雷劳模创新工作室的成果展示中，陈列着6本引人注目的技术标准。其中4本绿色封面的，是国家权威部门发布的行业工艺技术标准，分别为：《城镇污水处理厂污泥隔膜压滤深度脱水技术规范》（中英文），中国工程建设协会发布；《城镇污水处理厂污泥厌氧消化技术规程》（中英文），中国工程建设协会发布；《城镇污水处理厂污

杨戌雷分析运行数据，形成电子报表

理论知识讲授

师徒带教

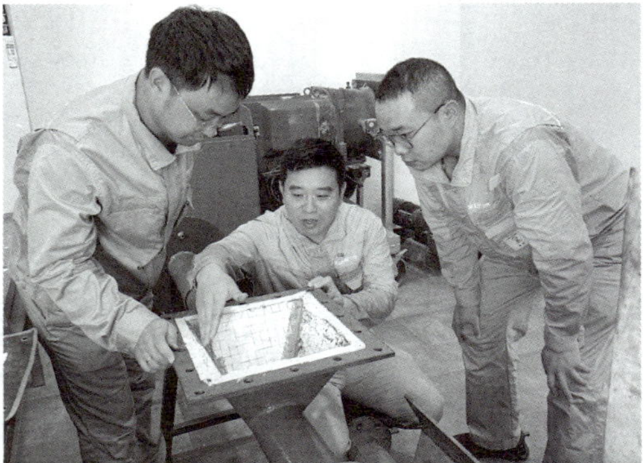
实际操作指导

泥深度脱水工艺设计与运行管理指南》(中英文)，中国工程建设标准化协会发布；《城镇污水处理厂污泥厌氧消化工艺设计与运行管理指南》(中英文)，中国工程建设标准化协会发布。另外2本白色封面的，是上海城投水务（集团）有限公司发布的企业技术标准，分别为《污水污泥流化床干化焚烧技术规程》《污水处理厂污泥厌氧消化技术规程》。不论是行业系统发布的行业标准，还是企业自主发布的企

杨戌雷工作室编写的行业工艺标准及企业标准

业标准，都是杨戌雷领衔的工作室成员在工作实践中经过若干次检验、验证、总结、提炼出来的技术准则。以杨戌雷为代表的劳模创新工作室，他们所创造的不仅有物质财富，还有知识和精神的财富，这样的成果充分彰显了社会主义新时代劳模工匠的标准与高度。

同时，杨戌雷工作室注重发挥职工技术专长和集体智

杨戌雷（右三）指导同事学习工艺流程

慧，积极推广先进创新管理理念，主要体现在：利用“互联网+大数据”，逐步实现生产运行报表“无纸化”；通过定期分析工艺数据，完善检修项目审批流程，建立“指尖上的设备维修移动数据库”；通过编写设备维修宝典，不断提高职工主动学习、分析解决问题的能力。

杨戍雷及其团队，立足生产一线，引领职工岗位建功，努力将“杨戍雷污泥处理技术劳模创新工作室”打造成人才的孵化器、岗位的创新源、项目的攻关队、团队的方向标，助力企业全面提升规范化、精细化、智能化和集约化水平。

杨戍雷工作室坚持扎根污水处理一线，用精湛技术、前瞻工艺努力践行“绿水青山就是金山银山”这一重要理念，以勇立潮头、敢为人先的精神奋力答好生态文明建设答卷，为长江大保护添上浓墨重彩的一笔，助力天更蓝、地更绿、水更清的美丽中国建设。

第十四章 “戌雷学院”与“双带头”工作室

杨戌雷常说，自己能有今天的成长，离不开排水行业的飞速发展，离不开各级党组织多年来的悉心培养和鼎力帮助，离不开老师傅们手把手地带教，他希望能将污泥处理的这项“绝技”在创新中传承下去。

为了培养更多“戌雷式”劳模工匠，进一步拓宽人才培养渠道，搭建人才培养平台，提升人才培养质量，2023年，“戌雷学院”正式揭牌，杨戌雷“双带头”工作室成立，他继续发挥典型引领作用，以匠人之心、逐时光之影，以薪火相传、育后继之人。

上海城投集团在“戌雷学院”成立后，以“立足水务、服务城投、引领发展”为工作目标，以政治引领、服务一线、培养“又红又专”的城投工匠为办学宗旨，努力将其建设成一所集高端、创新、效能于一体的人才培训学院，切实担负起党建创新、科技攻关、宣传展示、教育培养等重任，为城市排水高质量发展、为城投建设世界一流企业打造技能人才“蓄水池”。

上海市杨浦区河间路1283号，是上海东区污水处理厂旧址。走进院落，首先映入眼帘的是满院古老的香樟树，沧桑的枝干以各种姿态托举着绿色的树叶，托举着历史的沧桑与悠远。院内路边的一块大石头上，清晰地刻着“东区污水厂，始建于1923年”的字迹。百年岁月，百年风云，百年沧桑，百年排水。上海东区污水处理厂作为国内首批建造的污水处理厂之一，其工艺流程完整，构筑物保存完好，在中国乃至亚洲范围内都极为罕见，堪称污水处理的“活化石”，也是上海百年排水处理和城市基建发展的缩影。

院内的一座小楼，是东区乃至上海排水历史的展览馆，生动记述着上海污水治理的发展历程。除此之外，院内还正在热火朝天地动工兴建着一系列建筑，原来是正在抓紧建设中的“戌雷学院”。“戌雷学院”包括教学区、试验区，还有工匠馆、历史馆、未来馆等设施，将在不久后建成投入使用。“戌雷学院”新址的建设，是上海城投系统党政及工会组织礼遇工匠、致敬匠心，重视劳模工匠人才培养的具体体现，新址建成后，一定会把培养“戌雷

上海东区污水处理厂旧址

戍雷学院

杨戍雷工作室正在进行技术攻关，左三为杨戍雷

式”劳模工匠和城投系统的创新人才工作推向一个崭新的阶段，取得更加丰硕的成果。

杨戌雷作为上海产业工人的代表出席党的二十大，回到白龙港污水处理厂之后，厂内“杨戌雷劳模创新工作室”小楼的门边除了上海市总工会授予的“上海劳模创新工作室”的牌匾，又多了一块“杨戌雷党代表工作室”的牌匾。于是，这里成了劳模创新工作室和党代表工作室组成的“双带头”工作室，将积极打造党建创新基地、科技攻关基地、宣传展示基地、教育培养基地，以“室、坊、站”为组织架构，建立“一带十、十带百、百带千”的工作团队，积聚力量开展原创性、引领性的科技攻关，为高技能复合型人才打造成长成才的有效平台。

杨戌雷表示，自己要积极发挥党代表、劳模工匠的“双带头”作用，在学院开展的技师攻关、技师智库、技师讲堂、技师传艺、技师登顶“五大行动”中，深入推进减污降碳、无废工厂、安全韧性等 6 个方向 12 个领域的污水污泥前瞻性研究，全面助力高端技能人才综合素质的提升，加速培养行业领军技能人才，带动一批又一批青年工匠不断成长成才，为城市水环境治理注入源源不绝的新生力量。

上海排水历史的展览馆

第十五章 新时代的劳模风貌与风尚

从四足行走的动物，到直立行走的人，劳动不仅创造了一切，而且创造了人本身。因为劳动，手的功能得到极大拓展；因为劳动，核桃纹路般的大脑不断积淀智慧。今天，新时代的劳动者以劳动模范崭新的姿态和大国工匠的风采，承担起中华民族伟大复兴的神圣使命，占领开拓创新的制高点，让劳动生发无限潜能。

2024 年“五一”国际劳动节到来之际，习近平总书记代表党中央，向全国广大劳动群众致以节日祝贺和诚挚慰问：“希望广大劳动群众大力弘扬劳模精神、劳动精神、工匠精神，爱岗敬业、创新创造，踊跃投身以高质量发展推进中国式现代化的火热实践，为全面推进强国建设、民族复兴伟业而不懈奋斗。”

说起党的二十大代表、全国劳动模范、2023 年“大国工匠年度人物”、上海白龙港污水处理厂污泥处理车间主任杨戌雷的成长经历，厂工会主席孙伟有许多感受与感想，他深有感触地说：“劳动模范和大国工匠的造就与培养是一个持续的过程，不是一朝一夕完成的。对于杨戌雷劳模工匠潜质的发现与培育，充分说明了单位和各届领导集体的眼光，能够发现杨戌雷在自己的本职岗位上作出优于他人的工作与业绩。不仅看得准，选得对，而且用得好，一步紧跟一步的培养跟得上。杨戌雷 22 岁就担任了中心泵站的站长，26 岁担任白龙港污水处理厂动力车间主任，29 岁担任污泥处理车间主任，接管和承担污泥处理的重大任务。这样的年龄与担负的岗位，在白龙港污水处理厂或更大范围可能比较罕见，当时也有来自各方面的质疑，但事实证明，发现和任用都是何等正确和及时，不仅为这些部门和工作选对了领导者，而且为劳模工匠铺设了一条成长的道路，提供了一种磨砺和锻炼的极好环境与空间。”杨戌雷本人对此也深有体会："如果没有组织和领导的信任，没有这些岗位和工作的磨炼，就没有我今天的成果。"

新时代的劳模工匠，既有吃苦耐劳、坚韧不拔的老黄牛精神，也有当今"知识型、技能型和创新型"技术工人的能力和素质；不是"一花独放"，而是通过"劳模工作室"等形式，带动和引领团队，劳模工匠的能量和作用

杨戌雷（左四）及其同事深入现场研究设备

得到扩充和繁衍，个人及群体的眼界和站位越来越高。杨戌雷正是这样的典范，他在爱岗敬业中当好“标兵”，在改革创新中当好“尖兵”，并将“标兵”和“尖兵”有机融合，在劳动者的岗位上坚守与开创，呈现一个很高的坐标，用自己的作为告诉人们什么才是新时代的劳动模范和大国工匠，怎样做才是社会主义新时代的劳动者。因此，上海城投水务党委向系统全体职工发出了向杨戌雷学习的号召。

据孙伟的总结概括，杨戌雷最大的特点是“肯吃苦、善创新、不服输”。“肯吃苦”是杨戌雷参加工作以来的本色，泵站清垃圾、车间钻管道、午夜修火炬、吃盒饭、打地铺，“三大战役”连续奋战，等等，无一不是吃苦耐劳精神的体现。担任白龙港污水处理厂污泥处理车间主任之后，“善创新”的特点得到充分的发挥。面对陌生的设备和工艺技术，杨戌雷带领一个年轻的零基础的团队，克服重重困难，在很短时间接管工程，投入运行。不论是为解决进口设备和技术的“卡脖子”问题，还是治理“洋设备”的“水土不服”和设计的欠缺，或是促进系统更好地运行，降本增效和减轻劳动强度，500多条被采纳的合理化建议，已经授权的32项国家专利，已发布的5项标准，主持和参与的15项科研项目，以及20余项市级创新成果……杨戌雷的创新创造不仅有个人的，还带出一支由技术攻关小组成长为劳模创新工作室的骨干团队。在一系列难题面前，杨戌雷和团队充分体现了“不服输”的特点。面对从大到小、涉及各个方面的难题，杨戌雷从没低过头，并且迎难而上，积极开动脑筋努力钻研，勇于创新大胆实践，用夜以继日的钻研和扎根一线的摸爬滚打，攻破了一项项技术难关，克服了无数困难。杨戌雷及其团队的“不服输”，不是单纯有强硬的劲头，更不是单纯追求形式，而是紧跟着科学态度、创新精神和坚韧努力的一系列举措和行动，最后总能获得降本增效和降低劳动强度等实实在在的成果。

杨戌雷的“肯吃苦、善创新、不服输”有目共睹、真实可信，是经过诸多事实与成果证明的，是有着广泛群众基础的，是被广大工人群众和各级领导认可的。

杨戌雷带领团队努力践行劳模精神、劳动精神和工匠精神，树立了劳动者的尊严和刚健的雄风，同时也赢得了社会各界的尊重。大家都对杨戌雷有很高的评价。

污水公司党委书记王娟说：“杨戌雷是技能报国的‘样板雷’。”

污水公司原厂长王荣生说：“杨戌雷干一行爱一行，遇到技术难题时，他都是迎难而上，不搞明白誓不罢休。”

白龙港污水处理厂厂长童飞说：“杨戌雷善于团结，关心车间职工，在他的影响下，泥处理这个大家庭的力量能够拧成一股绳，整个团队非常有凝聚力和战斗力，有任何艰难险重的任务都可随时投入其中！”

杨戌雷正在调节工艺流程

杨戌雷来自基层一线，是产业工人的代表，即使担任车间领导，获得了诸多荣誉，仍然保持工人本色，时刻融于工人群体之中。除了生产工作上的融合，他还从各方面关心职工的生活，积极组织和参加职工的文化活动。他不仅和大家一起上场踢球，还经常出口成章，把球场上的趣事赛事写成小诗。对于工会组织的拔河等各种职工文体比赛，杨戌雷都组织职工积极参加，并力争夺冠，他说，不管干什么，都要争第一，他的口头禅是“只要有山头就要抢占”。工会组织的劳动竞赛、技能竞赛、技术比武，杨戌雷是带头参加者，也是积极组织者，他本身就是技术技能竞赛比武的受益者，从泵站技能竞赛获得第一名开始，于各级各类比赛比武中一路走来，劈风斩浪，勇立潮头。因此，他积极支持并带头参加比武竞赛，让更多的职工在技能技术竞赛比武中展示才华，受到激励，得到提升。有一次，他带队参加长三角地区技术比武，虽然做了许多准备工作，但由于比赛在主办方之一的地区和场地举行，大家认为夺冠存在不少困难，但通过杨戌雷和其他参赛同志的共同努力和拼搏，仍然取得了和主办方单位并列第一的好成绩。

杨戌雷坚持实践，也善于学习，从不把自己的知识停留在一个水平上。在原上海城市排水中等技校的基础上，他在本职工作繁忙的情况下，先是利用业余时间读了“工商企业管理”的大学专科，接着又拿下“机电一体化及其制造”专业的大学本科文凭。2024年初，他又报考了上海大学中法联合办学的硕士班，学习“可持续发展”专业。学习时间全部是周末，杨戌雷严格要求自己，积极认真地参加学习。他说，每回学习都很有收获，除了学知识，还交了很多朋友，不仅能够了解发达国家的可持续发展理念，而且能学习哲学和社会学，对于拓展思维、开阔眼界很有帮助。

通过不断学习与实践，杨戌雷的思想水平和境界不断提高，他说：“新时代新形势要求我们的思想要跟上时代的发展，所以，我们的关注点不仅要放在眼前，还要考虑将来行业发展问题，如将来污泥处理是走消化路线还是走干化焚烧的路线，走哪条路线更利于发展和生态保护，我们应该做好哪些准备；还有我们的污水污泥处理属于环境保护，有机垃圾的处理属于环境卫生，将来是否可以将有机垃圾的处理纳入我们的系列。当然，这些都需要进行科学的研究和论证。”

有一次，杨戌雷在上海天文馆给干部职工作了一场题为《青春道路上不断前行，创造属于自己的精彩人生》的报告。在报告中，杨戌雷紧密结合自己的成长经历讲劳模精神、劳动精神、工匠精神，讲“三个精神”之间的递进关系。他说：“劳动精神是劳模精神和工匠精神的基础，首先，你要热爱劳动，如果你连劳动都不热爱，又何谈劳模精神和工匠精神呢？劳模精神是一种境界，关键要懂得付出，要取得一定的业绩，要起到引领作用；而工匠精神是对劳模精神、劳动精神的升华，强调在技术上要有所突破，有所创新和创造。‘三个精神’是相互包容、相互联系、相互补充、相互支撑的。我们工作在一线的劳模工匠，当然不是把这‘三个精神’挂在嘴边，而是贯穿和落实在行动中。”

在杨戌雷看来，劳模工匠身上大多有这样的共同点：在平凡的岗位上，把工作做到极致，尽自己最大努力去爱岗敬业和开拓创新。就像一位农民，会在自己耕种的土地上千方百计地精耕细作，这样才能取得好的收成。

杨戌雷满怀深情地说：“三百六十行，虽然我们大多数人的工作是极其平凡的，但我觉得我们要拥有星光一样的梦，用 365 天的努力去创造非凡，用勤奋诚实的劳动去铸就岁月的荣光。”

为了社会主义新时代的强国建设和高质量发展，为了中华民族绚丽的百年梦想，杨戌雷等优秀杰出的劳动模范和大国工匠，正以加倍振奋的精神和强韧的干劲，创造着更加辉煌灿烂的明天。

杨戌雷正在查看仪表数据

后记

我的职业生涯中，有一段在企业任工会主席的工作经历。那是在一家国有建筑企业，我因此结识了很多一线工人和企业干部，从此对于工人，对于劳动，有了比较深入的理解。

我深切感受到工人的善良真诚和勤劳质朴，而且，各个部门和岗位的工人，个顶个儿地具有真本事。作为建筑企业，若工人没有真本事，那些高楼就不会平地而起，哪个环节出现纰漏，所建之楼就有坍塌之险。所以，不管哪个行业，工人的本事都是真的，不能有半点“混事儿”。他们不仅勤奋，而且真诚，因此才能保证和满足人民生活和国家及社会发展的需要。看着他们以辛勤的劳动、精湛的技术、坚韧的精神，将各类宏伟的建筑立于天地之间，用汗水浇灌着共和国拔节的楼层，我从心底里对工人更加敬佩，对劳动也就有了更深刻的理解。

近年来，我通过采写劳动模范和先进典型，特别是这次采写党的二十大代表、全国劳动模范、2023年“大国工匠年度人物”、上海白龙港污水处理厂污泥处理车间主任杨戌雷，对工人和劳动有了更深入、更深刻、更透彻的了解和理解。

苏州河边的小男孩，与一间小泵房的邂逅，成为职业的启蒙；从泵站的磨砺与锻造，到白龙港一场场高难度的严峻考验；从在向污泥的进军中，啃下“一期”的“洋骨头”，到超前介入“二期”实施接管；从冬夜里点燃三支火炬，到钻风箱寻漏点油管堵漏；从在迷宫般的“管道森林”里，创造一段段攻关创新的神奇佳话，到特殊时期的83天顽强坚守……

杨戌雷迎来人生的高光时刻是必然的，是党和国家对以他为代表的一线工人的认可、尊重与褒奖，也是时代的呼唤。

“要用聪明的方法学会偷懒”“只要有山头就要抢占”“我们的创新不是那种高大上，都是为了解决生产中的实际问题”，这些话都出自杨戌雷之口。杨戌雷的这些话既朴实生动，又饱含哲理，是坚持不懈地创新创造、追求卓越，将实践与创新紧密结合从而不断取得实效的又一鲜活版本和形象诠释。

二十多年，杨戍雷带领团队在生产实践中高擎爱岗敬业的精神火炬，攻坚克难，不断创新创造，以深厚的积累搭建起飞的平台，展开梦的翅膀，以宏大与精细相结合的生命格调，谱写出新时代劳动者的崭新篇章。

2025 年 2 月